만권당 소녀

바일간 016

만권당 소녀

정명섭
윤혜숙
윤해연
김소연

역사레마소설집

서유재

| 차례 |

윤해연

2014년 비룡소 문학상을 수상하며 등단했다. 지은 책으로 『오늘 떠든 사람 누구야?』,
『우리 집에 코끼리가 산다』, 『뽑기의 달인』, 『별별마을의 완벽한 하루』, 『그까짓 개』,
『우리는 자라고 있다』 등과 공저 『일인용 캡슐』, 『외로움의 습도』, 『전사가 된 소녀들』
등이 있다.

만권당 소녀

만권당에 새로운 손님이 찾아왔다. 앞에 왔던 손님이 떠난 방에 온기도 빠지지 않았는데 세 명의 학자들이 고려에서 왔다. 아궁이 앞이 분주해졌다. 에센부카 아저씨가 가져온 오리는 털을 뽑고 소금을 뿌려 놓은 상태다. 꼬치에 끼워 구우면 꽤 성찬이 될 것이다.

"국이야!"

개시어멈이 국이부터 불렀다.

국이는 마루 모퉁이에 그리다 만 그림과 벼루를 밀어 놓았다. 비록 귀퉁이가 깨진 벼루였지만 국이에게는 소중한 것이다.

"아직도 그림질이야? 그러다 밥때 놓치면 경칠 줄 알어."

개시어멈은 툭하면 경칠 일이라고 으름장을 놓지만 한 번도 그런 일은 벌어지지 않았다. 대감마님은 만권당에 손님이 오면 밥때 같은 것에는 도통 관심이 없었다. 학자들과 이야기를 나누다 때를 잊는 것도 부지기수였다. 애가 타는 건 늘 개시어멈이었다.

개시어멈은 연경으로 오면서 다릿병이 도졌다. 그래서 3층으로 지은 토루*를 오르내리는 것은 국이 몫이었다.

국이는 조심스럽게 계단을 올랐다. 소쟁반기에 놓은 찻주전자가 조금씩 흔들렸다.

만 권의 책이 있다 하여 이름 붙여진 만권당에 찾아온 학자들은 원나라 사람과 고려인이 섞여 있었다. 그중 겁구이를 한 고려의 학자도 보였다. 정수리에서 이마까지 깎은 머리에 남은 머리카락을 땋아 늘인 몽골식 머리 모양이다. 흔히 변발이라고 하는데 고려에서도 한창 유행이었다. 겁구이를 한 고려인은 원나라 사람처럼 호복을 입었어도 대번에 표가 났다. 그들은 의견이 다르기라도 한 모양인지 꽤 큰 소리로 대화를 하고 있었다.

국이는 대화에 방해가 되지 않도록 조심스럽게 소쟁반기를

---

* 사각형이나 원형의 건축물. 매우 두껍고 무게가 나가는 최소 1.8미터 두께의 흙벽과 나무 골조로 지지를 하며 3층에서 5층 높이로 지었다. 1층에는 부엌과 식당, 2층에는 창고, 3층 이상에는 주거를 위한 침실을 두었다. 1층부터 꼭대기 층까지 한 가구가 사용하는 형태이다. 외벽의 경우는 더욱 단단하게 만들기 위해서 찹쌀과 점토, 나무나 대나무 조각을 섞어서 만들었다고 한다.

탁자에 내려놓았다. 그러고는 숨소리조차 죽이고 찻잔에 물을 부었다. 항상 하는 일인데도 찻잔에 물을 따를 때마다 손이 떨렸다. 국이는 찻잔을 손님들 앞에 하나씩 내려놓고 조용히 만권당에서 빠져나왔다. 그제야 비로소 숨을 내쉬었다.

고려에서 유학 온 학자들이 연경에 오면 가장 먼저 들르는 곳이 만권당이다. 문지방이 닳도록 드나드는 것이 만권당에 사는 고려의 왕 때문이라고 하지만 국이의 생각은 달랐다. 만권당이 없었다면 원나라의 학자들과 고려의 유학자들이 만날 수 없었을 것이다. 그들은 만권당에서 세상의 온갖 것을 말한다. 원나라의 학문은 물론이고 서방의 살림이라든지 밤하늘의 별을 보는 방법, 혹은 음악이나 그림을 놓고도 밤을 새우곤 했다. 국이는 만권당이 좋았다. 심지어 3층 계단을 수없이 오르내리는 차 심부름은 혼자 도맡다시피 해도 그곳에서 주워듣는 귀동냥이 즐거웠다.

만권당은 새로운 사람들로 늘 북적였다. 그럴 때마다 만권당이 살아 움직이는 것 같았다. 마치 만권당이 저 스스로 사람들을 모으고 세상의 온갖 소식을 물어 오는 것 같았다. 순전히 국이의 생각이었지만 틀린 것도 아니었다.

한 식경이 지나 찬이 들어가고 국이도 잠시 짬이 났다. 국이는 개시어멈의 눈을 피해 얼른 벼루와 종이를 챙겨 뒷마당 정자 아래로 갔다. 비록 학자들이 쓰다 버린 종이지만 국이에게는 소중한 거였다. 돌돌돌 말아 놓은 한지를 정자 아래 디딤돌에 펼쳤다. 좀 전에 본 겁구이를 한 고려의 유학자를 그리고 싶었기 때문이다. 기억에서 사라지기 전에 한지에 그 모습을 고스란히 담아 놓고 싶었다.

세필에 먹을 찍어 얼굴 형태를 그려 넣었다. 한지에 가는 선이 그어졌다. 봄볕이 따스한지 선이 퍼지지 않았다. 고려에서 온 유학자는 얼굴이 둥글고 이마가 넓어서 변발이 어색하지 않았다. 국이는 공을 들여 짙은 눈썹과 부리부리한 눈매를 그려 넣었다. 높지 않은 콧대에 이어서 도톰한 콧방울을 그리니 꽤 비슷해 보였다. 국이는 잠시 허리를 펴고 큰 한숨을 내쉬었다. 화룡점정과도 같은 눈동자를 그려야 하기 때문이다.

"뭐 하는 거야?"

화들짝 놀란 국이가 서둘러 그림을 그린 종이를 반으로 접었다.

"넌 뭔데?"

뒤돌아보니 원나라 아이였다. 변발을 한 고려인이 아니었다. 원나라 사람은 고려인과 달랐다. 얼굴빛은 고려인에 비해 더 붉었으며 넓적한 얼굴형을 가지고 있다. 특히 북방 쪽에서 온 사람들은 키가 작았고 몸이 다부졌다. 행동거지도 민첩했다. 수십 번, 수백 번 그들을 관찰하고 그려 온 국이의 눈썰미는 정확했다. 게다가 그들의 얼굴이라면 말할 것도 없었다.

"넌 고려인이 아닌데?"

원나라 아이의 입에서 고려 말이 튀어나왔기 때문에 국이는 묻지 않을 수 없었다.

"반은 맞고 반은 틀려."

"반은 맞고 반은 틀리다고?"

"내 이름은 쿠라치야. 엄마가 고려인이고. 연경의 시가에서 살고 있어."

하나를 물었을 뿐인데 쿠라치는 여러 가지를 답했다. 그러고는 어느새 그림까지 훑었는지 이어서 말했다.

"그림을 잘 그리네."

국이는 쿠라치의 칭찬에 자기도 모르게 얼굴이 붉어졌다. 누구도 국이의 그림에 관심이 없었다. 심지어 개시어멈도 헛짓을 한다고 혀를 찰 뿐이었다.

"네가 뭘 안다고?"

국이의 얼굴이 붉어진 것도 모른 채 쿠라치가 물었다.

"누구야?"

"누구?"

"네가 그린 얼굴 말이야."

국이는 대답하지 못했다.

개시어멈은 국이의 그림을 보면서 걱정했다. 높은 벼슬이거나 지체 높은 집안의 귀한 분들의 얼굴을 함부로 그렸다간 경칠 일로 끝나지 않을 거라고 했다.

"내가 본 그림이랑은 달라서 그래."

"네가 본 그림?"

"내가 그림을 좀 보거든. <u>흐흐흐.</u>"

이번에는 녀석이 웃으며 얼굴을 붉혔다.

국이는 요 맹랑한 녀석이 그림에 대해서 아는 것 같아 내심 반가웠다.

"마……만권당에 온 손님…….."

국이는 자기도 모르게 만권당을 올려다봤다.

"더 볼 수 있어?"

국이는 잠시 주저하다가 종이를 펼쳤다. 이 아이에게는 그림을 보여 주고 싶다는 생각이 들었다.

"대단하다!"

쿠라치가 그림에 코를 박듯이 살펴봤다.

"치! 잘난 척은!"

국이는 그냥 하는 소리 같아 퉁박을 날렸다.

"아니야. 우리 가게에 있는 그림이랑은 달라."

"우리 가게?"

쿠라치는 에센부카 아저씨의 조카였다. 이틀 전에 온 오리고기 값을 받으러 온 거였다. 떠들썩한 상고들이 있는 위항의 시전 중 하나가 에센부카 아저씨의 가게다. 오만 가지 잡다한 것을 파는 곳이라 없는 것보다 있는 것이 더 많다고 했다. 자세히 보니 쿠라치에게서 에셴부카 아저씨의 눈매가 보였다.

에셴부카 아저씨의 가게는 만권당에 꼭 필요한 곳이었다. 미처 구하지 못한 세필이라든지 원나라의 화첩 같은 것을 구할 수 있고 온갖 음식의 재료를 구하기도 했다. 없는 물건이라면 시간을 두고 구해 왔다. 게다가 이곳은 필사한 책을 팔기도 했다. 그림을 팔고 사기도 했다. 누군가 무엇을 원하면 반드시 구해 주는 곳이 에셴부카 아저씨의 가게였다. 그러니까 만 권의 책이 있는 곳이 만권당이라면 세상의 온갖 잡다한 것을 파는 곳은 에셴부카 아저씨의 가게인 만물사였다.

"만물사?"

국이가 고개를 갸우뚱했다. 태어나서 처음 들어보는 말이었다.

"그래, 만 가지 물건을 사고파는 곳이라서 내가 그렇게 이름을 지었어. 만권당 이름을 보고 따라 지은 건데 그럴듯하지?"

쿠라치는 어깨까지 으쓱했다. 자신이 대견한 모양이었다.

"그게 뭐 대단하다고……."

국이는 펼쳐 놓은 그림을 돌돌돌 말았다.

에셴부카 아저씨가 개시어멈 몰래 국이에게 찔러 준 책은 주로 화첩이었다. 원나라 글자를 모르니 그림이라도 보라는 거였다. 주로 자연을 담은 그림책이었다. 뾰족한 산이 첩첩하게 들어차 있거나 대나무나 연꽃, 소나무를 그린 것들이었다. 사람은 그림 속에 아주 작은 모습으로 그려져 있었다. 수려한 산을 바라보는 모습이니 산에 비하면 사람은 주인공이 아니었다. 그럼에도 국이는 화첩을 보는 게 즐거웠다. 그러다 사람 얼굴이 그리고 싶어졌다. 저 산을 바라보는 사람의 표정이 궁금했다. 국이가 처음으로 붓을 든 것은 순전히 그 궁금증 때문이었다. 만권당에서 여러 얼굴을 보니까 여러 얼굴을 그리고 싶었고, 그리다 보니 그들 생김생김이 더없이 재미났다. 누군지도 모르는 사람들의 얼굴을 그리며 어떤 사람일지 제멋대로 상상하곤 했다.

"다음에 내가 화첩을 갖다줄게."

"가끔 에센부카 아저씨가 갖다줘."

"내가 더 멋진 걸 줄 수 있어."

"진짜?"

그때였다.

"국이야!"

개시어멈의 목소리가 담장을 넘을 만큼 컸다. 무척 화가 났다는 징표였다.

국이는 서둘러 그림 그리는 도구들을 보따리 싸듯 챙겨 안채를 향해 종종종 걸었다.

그날 밤, 개시어멈이 바느질하며 한숨을 내쉬었다. 바투 자리 잡은 가녀린 호롱불이 살짝 흔들렸다.

"내일 당장 쫓겨나도 이상한 일이 아니구먼!"

국이가 개시어멈을 빤히 바라보았다. 눈이 어두운 개시어멈은 바느질하는 손을 멈추지 않은 채 가슴이 들썩일 정도로 다시 한숨을 쉬었다.

"뭔 소리래요?"

원나라 왕이 높은 벼슬을 주었지만 그걸 사양하고 고려의 왕은 스스로 만권당을 지었다. 이곳에서 교지를 내리며 고려를 다스려야만 했던 왕의 선택은 어쩔 수 없는 거라 했다. 거대한 황제국인 원나라로부터 작은 고려를 지키고, 전쟁통에 이곳으로 끌려온 백성을 한 명이라도 고려로 돌려보내기 위해서다.

"소문이 무성하다니께."

"그러니까 뭔 소문이요?"

개시어멈이 잠시 손을 멈추더니 힐끔 방문을 바라보았다. 문밖에 인기척이 있는지 귀를 세웠다.

"지금 황제가 우리 왕을 안 좋아한댜."

개시어멈이 낮은 목소리로 속삭였다.

"이번에 바뀐 황제가요?"

"쉬! 조용히 햐."

"왜요?"

덩달아 국이의 목소리도 한껏 낮아졌다.

"돌아가신 황제랑 친했으니까."

"그래도 다 같은 친척이잖아요?"

"여기서 친척이 뭔 소용이여. 자기 형을 죽이고 조카도 죽이고 황제가 되는 세상인디."

"그럼 만권당이 없어져요?"

"죽고 사는 문젠디 만권당이 대수겠냐?"

개시어멈의 걱정과는 달리 국이는 만권당이 대수였다. 고려로 돌아가고 싶지만 지금은 아니었다. 더 많은 걸 듣고 싶고 더 많이 보고 싶었다. 더 많은 걸 그리고 싶었다.

개시어멈은 마음이 시끄러운지 다른 날보다 일찍 바느질을 멈추었다. 손이 멈추자마자 불이 꺼졌다.

국이는 달그림자에 비친 문살을 헤아리며 자리에 누웠다.

고려의 왕만큼 자신들의 처지도 불안하긴 마찬가지였다. 국이가 대감마님을 따라 이곳에 올 때도 오늘처럼 달이 떴다. 석 달하고 몇 날이 걸렸다. 국이는 내내 속으로 대감마님을 원망했다. 하고 많은 식솔 중 자기를 데리고 온 게 못마땅했지만 그거야 속마음이었다. 자신의 처지가 억지로 끌려온 고려인과 다르지 않다고 생각했다. 그런데 일 년이 채 안 돼 국이의 마음이 달라졌다. 이곳의 자유로움이 좋았다. 고려보다 활기가 넘치는 연경에서 국이의 신분은 아무런 문제가 되지 않았다. 고려인이라는 멸시는 있었지만 만권당 사람이라는 자부심도 있었다.

어쨌든 고려 왕의 어머니가 원나라의 공주였기 때문이다.

다음 날, 원나라의 대단한 학자가 온다고 온 집 안이 들썩였다. 국이도 덩달아 바삐 오갔다.

"국이야, 잔가지 좀 더 가져오너라!"

국이 끓고 있는 잔불이 꺼질세라 개시어멈이 소리부터 내질렀다.

"네!"

"국이야, 광에 가서 채반 하나 가져오너라!"

"네에에!"

국이의 대답은 바빠질수록 길어졌다.

원나라에서 온 학자는 학문의 깊이도 대단하고 서예와 그림에도 능한 문인이라고 했다. 얼마나 대단한 학자인지는 모르겠지만 황제의 특별한 총애를 받는 걸로 봐서 고려의 왕도 그의 방문을 허투루 할 수 없는 모양이었다.

본채 마당이 술렁거리기 시작했다. 갑자기 사람들의 머릿수가 늘었다. 저만치 접구이 모양을 한 머리가 보였다. 원나라의 다루가치들이었다.

국이는 목을 쭉 빼고 그들의 행차를 구경하고 싶었지만 그럴짬이 나지 않았다.

"국이야, 상 차려야 헌다. 어서어서!"

"알겠어요……."

마음은 콩밭에 있지만 맡은 일이 있으니 마냥 그곳에 서서 있을 수 없었다.

"수라상도 아니고 뭔 음식을 이리 차린데요?"

"임금님 수라상은 아니지만 황제한테 특별한 사람이라니 우리 왕한테 도움이 되지 않겠냐? 이런 걸루다 정성을 보여야지."

개시어멈이 어떤 마음인지 국이도 조금은 알 수 있었다. 오늘만큼은 국이도 행동거지가 조심스러웠다.

왁자지껄 한바탕 소란이 일자 만권당에 묘한 조용함이 찾아왔다. 3층 토루에 올라간 사람이 여럿인데 마치 아무도 없는 것 같았다. 정성껏 마련한 음식과 술단지를 나르는 하인들의 발걸음 소리만 분주했다. 악기를 든 사람들이 떼를 지어 올라가고 잠시 후 비파 소리가 울려 퍼지기 시작했다. 은은한 선율이 조용히 흐르는 물결 모양으로 만권당을 채웠다. 그제야 개시어멈이 큰 숨을 들이쉬고는 부뚜막에 엉덩이를 걸쳐 앉았다.

국이도 살며시 부엌을 빠져나와 뒤뜰로 향했다. 가는 내내 비파 소리가 따라왔다. 이곳에서는 3층 소리가 좀 더 잘 들렸다. 간간이 사내들의 웃음소리가 흘러나왔고 간혹 목청 좋은 이의 시 읊는 소리도 들렸다.

국이는 실금이 간 작은 종지 안에 담긴 물이 넘치지 않도록 조심스럽게 걸었다. 정자까지 멀게만 느껴졌다. 정자 마루에 종지를 놓고는 서둘러 아래에 숨겨 놓은 종이와 벼루를 꺼냈다. 새벽

녘에 갖다 놓은 종이가 습기를 너무 먹은 것은 아닌지 걱정이 앞섰다. 아니나 다를까, 눅눅했다. 종이를 볕이 잘 드는 곳에 펼쳐 놓은 뒤 종지에 있는 물을 벼루에 넣어 먹을 갈기 시작했다.

바람이 국이의 잔머리를 간지럽혔다. 바람을 타고 비파 소리와 사람들의 웃음소리가 날렸다.

오늘 오신 위대한 학자를 보지 못했기에 그를 그릴 수는 없었다. 순전히 국이의 상상만으로 그려야 했다.

국이는 세필을 꺼내서 눈썹이 앉을 자리와 콧대를 그릴 곳에 가는 선을 그렸다. 입술이 앉을 자리를 잡고 얼굴의 하관 윤곽을 조심스럽게 잡았다. 세필로 먹을 찍으려는데 벼루에 물이 말라 있었다. 먹을 더 갈아야 할 것 같았다. 조심스럽게 종지에 있는 물을 벼루에 따르고 있었다.

"오호, 그림을 그리더냐?"

누군가 물었다. 배 속에서부터 나오는 것 같은 굵직한 목소리였다.

"어엇!"

국이는 너무 놀라 종지의 물을 쏟고 말았다. 물을 먹은 선이 일렁이듯 번져 갔다.

"이런, 이런! 내가 그림을 망쳤더냐?"

"아……."

국이는 안타까운 마음에 우두커니 망쳐 버린 그림을 바라보았다.

"그건 다시 그리는 게 나을 게다."

"참견하지 마십시오!"

두려움보다는 화가 먼저 앞섰다. 그림을 망쳤다는 생각에 목소리의 주인공을 볼 시간이 없었다.

"오호, 그 녀석 당돌하구나."

"죄, 죄송합니다."

위를 올려다본 국이는 자신이 경솔했다는 걸 알아챘다.

그림을 망쳐 버린 물처럼 자신의 실수를 주워 담을 수는 없었다. 국이는 서둘러 종이를 말았다. 깨진 벼루와 세필도 보자기에 쌌다.

"그림을 꽤 잘 그리는구나."

국이는 감히 사내를 바라볼 수 없었지만 사내의 모든 것을 이미 눈에 담았다.

호복이 아닌 보랏빛이 감도는 겉옷 안으로 황금색의 저고리가 보였다. 청빛이 감도는 흑색의 모자를 쓴 원나라 학자는 살이 없는 얼굴에 눈두덩이가 깊었다. 국이를 내려다보는 가는 눈매가 어찌나 날카로운지 상대를 꿰뚫어 보는 것 같았다. 왜소한 몸이었지만 보랏빛 의복이 그의 권세와 힘을 보여 주고 있었다.

"고려의 아이가 어찌 이런 그림을 그리더냐?"

"저 혼자 놀이로 그린 겁니다. 아무 쓸모도 없는 그림이오니 그냥 지나가 주십시오."

국이가 머리를 조아렸다.

"놀이로 그린 것이라…… 그림이라곤 배워 본 적도 없다는 거구나?"

"네, 그러합니다."

"다른 그림이 있더냐? 내 그것을 보고 싶구나."

국이는 차마 다른 그림을 꺼내지 못했다. 개시어멈 말대로 되고 말았다. 경칠 일이 벌어진 것이다.

"정말 놀이로 몇 장 그렸을 뿐입니다. 죽을죄를 지었습니다."

국이는 그나마 가지고 있던 벼루와 먹까지 빼앗기는 것은 아닌지 두려웠다.

"네가 그림 그린 걸 탓하려고 하는 게 아니니 걱정하지 말거라. 그저 네 그림이 궁금해서 물은 게야."

성이 난 목소리도 아니었고 국이를 비난하는 것은 더더욱 아니었다. 국이는 잠시 망설이다 정자 아래에 있는 나머지 종이를 꺼내서 학자에게 내밀었다.

나이 든 학자는 국이가 그린 초상화를 한 장 한 장 자세히도 살폈다.

"흠……."

가끔 알 수 없는 소리가 학자의 입에서 흘러나왔다. 그러다 국이를 빤히 바라보며 물었다.

"색을 아직 못 쓰고 있구나?"

"도료가 없으니까요……."

"색을 입힌다면 무슨 색으로 넣고 싶으냐?"

며칠 전에 그린 변발을 한 고려에서 온 학자의 초상화에서 그가 입은 호복을 가리켰다.

"하늘의 색과 풀색을 쓰고 싶습니다."

"청녹색을 말하더냐?"

"네."

"어째서?"

국이는 색에 대해서라면 궁금한 게 많았다. 세상이 온통 색으로 만들어졌는데 그 색을 만들어 낼 수가 없었다. 어느 땐 그런 색이 세상이 있는지, 있다면 무슨 색이라고 불러야 하는지 알고 싶었다.

"그런 색을 닮은 호복을 입었으니까요. 그 색이 있다면 더 호탕해 보일 것 같았습니다."

"허허허! 고것 참 영특한 아이로구나. 네가 그린 초상화는 아이의 놀이라고 하기엔 놀랍고 지금 화풍이라고 하기에는 놀이에 가깝다. 이런 그림은 처음이구나. 이 정도를 그렸다면 분명 화첩을 보면서 흉내를 냈을 텐데 어찌 이런 그림을 그렸더냐?"

늙은 학자의 말에 국이는 자신의 생각을 솔직하게 말하고 싶었다.

"저는 누구의 간섭도 없이 그리고 싶었습니다. 화첩에 있는 그림을 흉내 낸 그림은 더더욱 그리고 싶지 않았습니다."

"그렇지! 네 말이 맞다. 어찌 네 그림을 탓하겠느냐. 그림만이 원의 간섭 없이 그릴 수 있다는 것에 위안을 받는 내 처지가 너와 다르지 않구나."

학자는 말없이 먼산을 바라보았다. 국이는 학자의 곁에 있어야 하는 건지 재빨리 자리를 떠야 할지 판단이 서지 않았다. 판단이 서지 않을 때는 가만히 있는 게 상책이었다.

국이도 말없이 학자의 곁에 서서 먼산을 바라보았다.

국이의 걱정과는 달리 아무 일도 벌어지지 않은 채 그날이 저물었다. 다른 날보다 바쁘고 힘든 날이었지만 국이는 늦도록 잠을 이루지 못했다.

학자와 마주친 일이 내내 마음에 남았다. 그는 국이의 초상화가 마음에 든다고 했다. 어디에도 없는 국이만의 화풍이라고 했다. 누구에게도 영향을 받지 않고 자기의 것을 지킨다는 것은 매우 어려운 일이라고 했다. 늙은 학자는 국이가 대단한 화가인 것처럼 말해 주었다. 국이는 차마 누구냐고 묻지 못했다. 누구인지는 모르겠지만 그도 자기 것을 지키느라 애쓰는 사람이 분명했다.

다음 날, 어김없이 쿠라치가 왔다. 잔치가 끝났으니 셈을 치르러 온 것이다.

셈이 끝나자 개시어멈이 쿠라치에게 놀다 가라면서 주전부리를 내어 주었다. 보리밥을 가마솥에 눌린 거였다.

국이와 쿠라치는 뒤뜰 정자로 갔다. 차마 정자 위에 오르진 못하고 디딤돌에 앉아 주전부리를 먹었다.

"가져왔어?"

국이가 먼저 물었다.

"그림을 보여 줘야 내가 가져온 걸 주지."

쿠라치는 장사꾼의 후손답게 셈이 빨랐다.

미리 갖다 놓은 그림을 정자 밑에서 꺼냈다. 이내 정자 위에 여러 장의 초상화가 펼쳐졌다. 다 다른 사람이었고 주인공의 얼굴 크기도 달랐다. 누군가는 웃고 있었고, 누군가는 인상을 쓰고 있었다. 아무 생각이 없는 것처럼 표정 없는 이도 있었다. 모두가 다른 얼굴로 다른 이야기를 하고 있는 것 같았다.

"와, 대단하다. 넌 진짜 화가가 맞나 봐."

"치! 쥐뿔도 모르면서? 홀리지나 말고 봐."

쿠라치는 연신 눌린 밥을 오도독 씹어 대며 그림을 보았다. 그림을 보다 따라 웃기도 했다. 이런 표정은 어떻게 그린 거냐고 묻기도 했다.

"이거 봐 봐. 이게 원나라 사람들이 그린 초상화야. 그런데 네가 그린 초상화는 표정이 있어. 보고 그린 것도 아닌데."

쿠라치는 자신이 가져온 화첩을 국이가 그린 그림 옆에 나란히 펼쳤다.

둘 다 사람을 그린 초상화지만 달랐다.

"화첩에 있는 그림을 보고 그대로 그렸지?"

국이가 고개를 끄덕이며 쿠라치에게 물었다.

"이렇게 그려야 하나?"

"나야 모르지. 그런데 표정이 있으니까 이 사람이 진짜로 이렇게 생겼을 것 같다니까. 그래서 말인데 날 그려 봐."

"뭐라고?"

"날 그려 보라니까. 화첩에 있는 그림들처럼 나를 한번 그려 보는 거야."

국이는 한 번도 사람을 마주 보고 그림을 그려 본 적이 없었다. 국이 앞에 자신의 얼굴을 내어 준 사람이 없기도 하였고 그럴 시간도 없었다. 이곳에서 아무것도 하지 않고 그림을 그리게 해 줄 만큼 한가한 사람은 없었다.

국이는 쿠라치의 말에 가슴이 두근거렸다. 처음 붓을 들 때랑 비슷한 기분이었다. 국이는 조심스럽게 가장 깨끗한 종이를 펼치고 세필의 결을 가다듬었다. 국이가 준비하는 동안 쿠라치가 먹을 갈기 시작했다. 처음으로 국이는 이 시간을 혼자가 아닌 누군가와 함께 나누는 것 같았다. 다른 사람 앞에서 그림을 그리는 것도 누군가의 얼굴을 보고 그리는 것도 대단하게 여겨졌다.

쿠라치는 얼굴이 잘 드러나도록 살짝 턱을 올리고 꼼짝도 하지 않았다. 햇살에 쿠라치의 붉은 볼이 선홍색으로 보였다. 뭉툭한 콧대와 도톰한 입술이 귀엽기까지 했다. 게다가 쿠라치의 눈동자는 무척이나 까맣게 보였다. 대개가 나무 색이나 노란색이 옅게 섞여 있는 흑색인데 쿠라치의 눈동자는 그렇지 않았다.

국이는 성심껏 화첩에 있는 그림처럼 쿠라치 모습을 따라 그렸다. 한 식경이 지나도록 쿠라치는 꼼짝도 하지 않았다. 어디가 쥐가 나도 벌써 났을 터였다. 가만히 있는 게 얼마나 힘든 일인지 아는 국이는 쿠라치가 고마웠다.

마침내 그림이 완성되자 국이는 쿠라치를 보며 살짝 미소 지었다.

"다 그렸어? 나 보여 줄 거지?"

"잠깐만, 잠깐만!"

막상 다 그리고 나니 부끄러움이 목까지 차올랐다.

"야, 그런 게 어딨어? 당연히 내가 봐야지!"

"알았다니까. 흉보기 없다, 성내는 건 더 안 돼?"

"알았다니까!"

쿠라치는 한동안 말없이 초상화를 빤히 보고만 있었다. 국이는 숨을 죽인 채 쿠라치와 그림을 번갈아 바라보았다. 가슴이 도근도근 뛰었다.

"히히히, 그럴 줄 알았어!"

쿠라치가 해맑게 웃었다.

"뭐가?"

"이것 봐, 네가 아무리 흉내 내서 그려도 다르잖아."

"무슨 말인지 모르겠어."

"분명히 넌 화첩에 있는 그림처럼 날 그린다고 그린 거잖아?"

"그렇지."

"하지만 보라고. 너는 화첩에 있는 그림 따위를 흉내 내지 않아. 아니 너는 그렇게 그리고 싶지 않은 거지."

"네가 어떻게 다 아냐?"

"이래 봬도 내가 그림을 얼마나 많이 본 줄 알아? 세상의 모든 일을 화첩을 보면서 통달했다, 이 말이지!"

쿠라치가 과장해서 하는 말인 걸 알면서도 국이는 찬찬히 자신이 그린 그림과 화첩 속 그림을 비교했다. 뭐가 다른지 금세 알 순 없었지만 쿠라치 말대로 달랐다. 화첩 속 초상화는 살아 있는 사람을 그린 것 같지 않았다. 잘 그린 그림이지만 왠지 마음이 가지 않았다. 하지만 국이는 쿠라치의 생김을 그대로 따라 그리지 않았다. 쿠라치 얼굴에 있는 붉은 기운, 웃을 때마다 처지는 눈꼬리, 도톰하고 작은 입술이 약간은 과장되어 표현되었다. 마치 '이 특징이 쿠라치야!'라고 그림이 말해 주는 것 같았다.

"내 초상화는 나랑 꼭 닮진 않았지만 나 같아. 어딘지 모르겠는데 초상화 속에 내가 있어. 누가 봐도 나라니까!"

쿠라치는 국이가 그려 준 초상화가 마음에 들었다.

"정말이지……?"

"그럼!"

쿠라치가 고개를 크게 끄덕였다.

그때였다.

"뭣들 하는 게냐!"

누군가 호통치듯 소리쳤다.

쿠라치와 국이는 깜짝 놀라 동시에 뒤돌아섰다.

성원나리였다. 성원나리는 깐깐하고 권세를 누릴 줄 아는 이였다. 사람을 부리는 데 능하고 사람을 모으는 데도 능했다. 언젠가 누군가 그를 잘 쓰면 약이 될 인재이지만 잘못 쓰면 독이 될 인재라고 대감마님에게 말하는 걸 들었다. 성원나리는 주로 고려의 응방에서 매를 가져와 원에 조달하는 일을 맡아 했다. 원에 공납하는 특산물 중에 매의 인기는 최고였다. 황실과 다루가치들, 고려의 왕도 매사냥을 좋아했기 때문이다. 하지만 응방의 횡포가 만만치 않은 모양이었다. 응방에 속한 이들은 각종 혜택을 누리며 호의호식했다. 때때로 성원나리를 찾아와 읍소하는 사람들이 있곤 했다. 응방에서 일할 수 있게 해 달라는 청탁이었다. 그는 연경에 있어도 만 리나 떨어진 고려의 응방을 쥐락펴락했다.

"그림 놀이를 하고 있었습니다……."

쿠라치가 머리를 조아리며 잽싸게 대답했다.

"지필묵은 어디서 난 게냐?"

"대감마님께서……."

"닥치거라, 귀한 종이를 함부로 쓰다니!"

국이가 대답하기도 전에 성원나리가 그림을 들췄다. 그 손짓에는 거침이 없었다. 마치 이곳의 모든 물건이나 사람은 자신이 만지거나 간섭해도 상관없다는 투였다. 성원나리는 그림을 보면서 점점 더 얼굴이 붉어졌다. 그림을 넘기는 손길도 점점 거칠어졌다.

"이런 발칙한 것을 보았나!"

성원나리는 그림을 볼수록 기가 찼다. 종이를 쓴 것도 괘씸한 일이었지만 심부름이나 하는 계집아이가 자신들의 얼굴을 함부로 그리고 있다는 것에 화가 났다. 국이는 더는 한마디도 할 수 없었다.

성원나리는 초상화를 그린 그림은 물론 남은 종이 꾸러미를 한 손에 움켜쥐었다.

"죄송합니다. 제발 그림을 돌려주십시오."

국이는 주먹을 꼭 쥐고 땅바닥에 엎드렸다. 그림을 지키려면 어쩔 수 없었다. 목숨을 내놓을 시늉이라도 해야만 했다.

"닥치거라! 네 죄를 달리 물을 것이야."

"나리, 정말 잘못했습니다. 다시는 지필묵을 함부로 쓰지 않겠습니다!"

"네 죄가 그것뿐이더냐?"

성원나리의 입술이 파르르 떨렸다. 이 앙큼한 계집애의 대꾸가 어처구니없어서였다. 말귀도 잘 알아듣지 못하는 미천한 아이와 대거리를 한다는 게 갑자기 하찮아졌다.

"네 주인과 말해서 너를 벌할 것이니 그리 알고 있거라!"

성원나리는 국이가 그린 초상화를 손에 쥔 채 도포 자락이 펄럭일 정도로 뒤돌아섰다.

잔뜩 겁을 먹은 쿠라치는 마치 쇠붙이처럼 꼼짝도 하지 못했다. 성원나리의 기세에 주눅이 들어 몸을 움직이는 것조차 잊은 듯했다. 성원나리가 뒷마당에서 사라지자 그제야 제자리에서 동동걸음을 쳤다.

"어째! 어쩐다지?"

국이는 엎드린 자세로 있다가 쓰러지듯 털썩 주저앉았다. 그러고는 한마디도 하지 못한 채 멍하니 땅바닥만을 보고 있었다.

"괜찮아? 빨리 가서 빌어야 하는 거 아니야?"

쿠라치가 재차 물었다.

그러자 한마디도 하지 않고 있던 국이가 낮은 목소리로 대답했다.

"내가 왜? 내가 왜 그래야 하는데?"

"뭐라고?"

"내가 왜 빌어야 하냐고!"

국이가 고개를 들어 쿠라치를 바라보았다. 쿠라치도 국이를 내려다봤다.

순간 쿠라치는 깜짝 놀라고 말았다. 국이의 표정이 담담하고 차분했기 때문이다. 조금 전에 혼이 난 얼굴이 아니었다. 게다가 땅바닥에 무릎까지 꿇고 사정한 아이의 얼굴은 더더욱 아니었다.

"그, 그럼…… 어떻게 하려고? 빌어야 여기서 쫓겨나지 않지?"

"그림을 그린 게 무슨 죄라고 날 쫓아낸다는 거야? 그리고 난 성원나리의 식솔도 아닌데?"

국이는 벌떡 일어서더니 치맛자락에 묻은 흙을 털어냈다.

"그, 그러게. 네가 그림을 그리는 게 뭐가 잘못이야? 연경에서는 누구나 그림을 그려도 된다고. 재주만 있으면 돈을 받고도 그림을 그려."

"나는 고려인이잖아."

"하, 하지만……."

"그만 가. 괜히 나 때문에 너까지 곤장 치를라. 이 일은 내가 알아서 할게."

국이의 표정과 말투가 더 차분해졌다. 자신의 신분이, 출신이 뼈저리게 느껴지는 순간이었다.

쿠라치가 돌아가자 개시어멈이 국이를 불러재꼈다. 벌써 개시어멈의 귀에 들어간 모양이었다.

개시어멈은 국이의 손을 붙잡더니 방으로 몰고 가듯이 데리고 들어갔다.

"하필이면 성원나리여어!"

개시어멈의 말끝이 길었다. 다른 사람도 아닌 성원나리여서 더 걱정이라는 뜻이었다. 성원나리의 깐깐함을 누구보다 잘 알고 있는 터였다.

"왜 말을 못 혀? 내가 얼마나 당부했냐. 어른들한테 들키지만 말라고 했는디 그리 종이를 싸 들고 댕기면서 집구석을 돌아다니니 사달이 나도 벌써 날 일이었지."

"……그림 그린 게 무슨 대수여요?"

국이는 들킨 게 걱정이지 그림을 그린 것은 걱정할 일이 아니라고 생각했다.

"아니, 너는 그리 혼쭐이 나고도 모르겠냐? 네가 누굴 그렸냐? 나를 그렸냐? 문지기를 그렸냐? 개서방을 그렸냐? 하필이면 나릿님 얼굴을 왜 그린 거여? 그리려면 우릴 그릴 것이지 뭔 금붙이가 붙었다고 마님들 얼굴을 그려쌌냐 말이다."

"어멈도 그리고 개아범도 그렸어요. 그런데 궁금했어요. 만권당에 온 손님들이요······."

국이는 억울한 생각에 말끝을 맺지 못했다.

"니는 뭣이 그렇게 다 궁금하다냐? 세상 궁금한 것 많아 먹고 잚은 것도 많겄다, 이것아!"

개시어멈이 크게 한숨을 쉬었다.

국이는 개시어멈에게 한 소리를 듣고 문지기 개아범에게도 불려가 잔소리를 한 됫박 들었다. 이제 남은 사람은 대감마님이었다. 국이는 대감마님을 실망시킨 것 같아 마음이 무거웠다. 모서리가 깨진 벼루를 준 사람이 대감마님이었기 때문이다.

작년 이맘때 모처럼 마당에 볕이 가득한 날이었다. 긴 겨울이 끝나 가고 있었다. 국이는 그날도 정자 아래에 쭈그리고 앉아 볕을 쬐며 흙바닥에 그림을 그리고 있었다.

"글을 쓰고 있더냐?"

마침 산책을 나온 대감마님이 물었다.

"아닙니다."

"네가 쓴 것이 무엇이더냐?"

"그림입니다."

"그림이라고? 무슨 그림을 그렸더냐?"

국이는 얼른 그린 그림을 신으로 쓸어 냈다.

"얼굴입니다."

"어미의 얼굴을 그린 것이냐?"

"저는 어미의 얼굴을 모릅니다. 제가 어렸을 때 원나라에 끌려간 걸요."

"그렇구나……."

대감마님은 한숨처럼 대답하며 먼산을 바라보았다.

왠지 국이는 대감마님이 슬퍼 보였다. 아니, 대감마님은 언제나 화가 난 사람처럼 보였다. 국이는 종종 대감마님의 얼굴에서 분노와 슬픔을 함께 읽었다.

고려는 30년간의 크고 작은 전쟁으로 강퍅해지고 피폐한 나라가 되었다. 거대한 제국의 원나라로 고려의 여자들이 끌려갔다. 남자들은 그들의 전쟁을 위해서 전장에 나갔다. 곡식과 특산품을 바쳐야 했고 심지어 고려의 왕자가 원나라까지 끌려와 원하지 않는 결혼을 했다. 이 모든 게 힘없는 나라의 운명이었다.

원나라에서 자란 세자가 고려의 왕이 되었다. 고려의 왕은 다른 선택을 했다. 아무도 하지 않던 선택이었다. 이곳에 남아 세력을 키웠고 그 세력으로 고려에게 유리한 선택을 할 수 있게 했다. 하지만 역사는 수시로 변했고 고려의 왕은 가장 힘든 시절을 보내고 있었다. 그런 왕을 위해서 스스로 고려에서 온 이가 대감마님이었다. 왕을 지키고 고려를 지키고자 했다.

"……어미의 얼굴은 모르지만 상상하면서 그려 보았습니다. 개시어멈도 그리고 개아범도 그리고, 송구하지만 대감마님 얼굴도 그려 본 걸요."

국이는 대감마님이 두렵지 않았다. 국이도 늘 화가 나고 슬펐기 때문이다.

"나를 그렸더냐?"

대감마님이 작게 웃는 것 같았다.

"네."

"이미 지웠을 테고?"

대감마님이 이번에는 조금 크게 웃었다.

"그러합니다."

"쓰다 만 종이와 지필묵을 주마. 언젠가 네가 그린 내 초상화를 보고 싶구나."

"정말요?"

"내가 너에게 농을 하겠느냐? 하지만 명심해야 할 게 있다."

"무엇입니까?"

"일을 게을리하지 말거라. 네가 그림을 그리는 게 핑계가 될 수도 있느니라."

"네, 명심하겠습니다."

국이는 아직도 대감마님의 초상화를 그리지 못했다. 자신의 그림 솜씨를 가늠할 수 없었기 때문이다.

결국 대감마님과의 약속을 지키기도 전에 사달이 먼저 나고 말았다. 대감마님에게 누가 되지 않도록 조심하고 또 조심했는

데 하필이면 성원나리에게 들켰으니 분명, 대감마님이 아는 데
오래 걸리지 않을 거였다.

다음 날 국이는 만권당으로 올라오라는 명을 받았다. 찻주전
자를 들고 올라갈 때도 이렇게 떨리진 않았다. 계단을 밟는 내
내 다리가 후들거렸다.

만권당 안에는 대감마님과 성원나리가 함께 앉아 있었다. 국
이는 익숙한 냄새에 조금은 안심이 되었다. 만 권 남짓한 책 냄
새였다. 찻주전자가 없으니 꿉꿉한 책 냄새를 생생하게 맡을 수
있었다.

"이 애를 어찌하시려고 불렀습니까?"

성원나리가 국이를 보자마자 대감마님에게 물었다.

"거기 앉거라."

대감마님이 탁자 끝에 있는 의자를 손으로 가리켰다.

"아니……"

성원나리가 대감마님의 말에 끼어들려 할 때 국이가 먼저 대
답했다.

"서 있겠습니다. 이게 편합니다."

"저것 보십시오. 오만방자하기가 이를 데 없습니다."

"흐흠!"

성원나리의 말에 대감마님이 잔기침을 했다.

"괜찮으니 어서 앉거라."

대감마님의 말에 국이는 성원나리의 눈치를 보다가 마지못해 의자에 앉았다. 의자가 마치 가시방석처럼 느껴졌다.

"이 아이에게 지필묵을 내준 것도 나고, 그림 그리는 걸 허락한 것도 나일세……."

"대감!"

"어허, 내 얘길 더 들어보시게. 물론 이곳에 온 학자들 얼굴을 그린 것은 불경한 일이나 어찌 이 아이가 알았겠나? 내가 미리 언질했다면 이 아이도 조심했을 것이야."

"그렇게 넘길 일이 아닙니다."

"영특한 아이이니 조심하라 이르면 알아들을 게야."

"대감께서 이리 싸고도니 맹랑한 짓을 하는 겝니다."

"자네, 잊었는가? 우리가 이곳에 왜 왔던가? 고려의 왕을 위해서 오기도 했지만 다른 큰 뜻이 있지 않았던가."

대감마님이 성원나리를 뚫어져라 쳐다봤다. 그러자 성원나리는 눈을 돌리며 고개를 떨궜다.

"……."

"왜 왕께서 만권당을 세웠는지 알고 있지 않나? 인재를 키우는 것만이 우리가 원나라의 속박에서 벗어날 수 있는 길이라고 했네. 만권당은 누구에게나 열려 있네. 열려 있어야 인재가 모인단 말일세. 하물며 내 식솔의 앎에 대한 열망을 자네가 꺾어서야 쓰겠는가?”

“어찌 미천한 아이의 호기심을 앎이라고 하십니까?”

성원나리가 불쾌한 듯이 국이를 바라보았다.

“자네 말처럼 저 아이의 그림이 호기심일 수도 있어. 그저 놀이라고 해도 저 아이에게 그림은 세상을 보는 또 다른 눈일세. 자네가 저 아이를 편협한 눈으로 본다면 제대로 된 인재를 그 눈으로 어찌 찾을 수 있겠는가? 인재를 알아보는 눈은 편견이 없어야 한다네.”

“대감…….”

“어허, 그래도 알아듣지 못하겠나?”

그때였다. 개시어멈이 밖에서 기척을 냈다.

“마님, 드릴 말씀이 있습니다.”

“무엇이냐?”

성원나리가 버럭 소리를 지르며 문을 열었다. 분명 국이에게 낼 성을 대신 내는 거였다.

“심부름 하는 아이가 왔는데 국이에게 이걸 전하라고 했습니다.”

“누가 말이냐?”

“며칠 전에 오신 손님이 보낸 겁니다.”

“뭐라고!”

성원나리는 국이를 찌를 것처럼 쩨려봤다.

"이런 발칙한 것을 보았나? 감히 누구를 만난 것이야?"

국이는 이제 모든 걸 망쳤다고 생각했다. 대감마님이 아무리 국이를 감싸도 이번에는 어려울 것 같았다.

"죄, 죄송합니다. 그저 제 그림을 보시고 몇 마디 물으셨습니다."

"뭐라고 물으시더냐?"

성원나리의 급한 목소리에 국이는 더 움츠러들었다.

"다, 다르다고요."

"뭐가 달라? 어서 이실직고하지 못할까?"

급기야 성원나리가 국이 옆으로 바투 다가섰다. 국이는 매라도 맞을세라 입안이 바짝바짝 말라 갔다.

"원나라의 초상화와 제가 그린 그림이 다르다고 말씀하셨습니다."

"대감, 그게 무엇을 뜻하는 건지 모르겠습니까? 하찮은 이 아이 때문에 큰일을 그르칠 수도 있습니다."

"더 들어보세. 자세히 말해 보아라. 원나라의 그림과 어떻게 다르다고 말씀하셨느냐?"

"재밌다고 하셨습니다. 그리고……."

"그리고?"

"원나라의 간섭 없이 할 수 있는 일이 그림뿐이라면서 제 처지랑 같다고 말씀하셨습니다."

"뭐라고? 정말 그리 말씀하셨다고?"

성원나리의 수염이 부르르 떨렸다.

그러자 대감마님이 크게 웃기 시작했다. 대감마님이 이리 크게 웃는 걸 처음 본 국이는 깜짝 놀라고 말았다.

"대감!"

성원나리도 놀랐는지 눈이 절로 커졌다.

"그래, 무슨 말인지 알겠구나. 역시 그랬어. 그도 나라를 잃은 설움을 아는 게야."

"듣는 귀가 여럿입니다. 아무리 그의 재주가 뛰어나다 칭송한들 일개 문인에 지나지 않습니다. 언제까지 지금 황제가 그를 인정해 주겠습니까?"

"맞는 말일세. 우리는 그보다 더한 처지지. 하지만 이걸로 이 아이에 대한 문제는 더는 거론하지 마시게. 자, 너는 나가 보아라."

국이는 대감마님의 말이 떨어지자마자 자리에서 일어섰다. 당장이라도 이곳을 벗어나고 싶었다. 그러자 개시어멈이 꾸러미를 들고 주춤거렸다.

"이것은 어찌할까요?"

"그건 저 아이 것이니 가지고 나가도 된다."

개시어멈이 꾸러미를 국이에게 전하려 할 때였다.

"무엇인지 확인도 안 하고 줄 순 없습니다. 이리 놓거라!"

개시어멈이 탁자에 꾸러미를 내려놓았다. 성원나리가 재빨리 꾸러미를 풀었다.

"이, 이건······"

꾸러미를 확인한 성원나리가 말을 잇지 못했다.

"도료로구나. 네가 부탁한 것이냐?"

대감마님이 국이에게 물었다.

"아닙니다! 절대로 아닙니다. 그분께서 제게 색을 입힌다면 무슨 색으로 입히고 싶냐고 물으셔서 제가 원하는 색을 말했을 뿐입니다. 절대로 도료 같은 걸 달라고 말하지 않았습니다. 믿어 주십시오!"

"허허허, 그래 알겠구나. 네가 아주 큰일을 해냈다. 이건 네가 받아야 마땅한 물건이니 네 것이 맞다. 어서 가져가거라."

국이가 차마 꾸러미를 챙기지 못하자 개시어멈이 잽싸게 꾸러미를 다시 묶었다. 그러고는 크게 고개를 숙여 인사를 하고 국이 손을 꼭 잡고는 뒷걸음쳐 나가려 할 때였다.

"네 이름이 무엇이더냐?"

대감마님이 막 나가려는 국이에게 물었다.

"······국, 국이입니다."

"국이라, 예쁜 이름이구나. 국이야."

"네."

"그림을 계속 그리거라. 쓰다 만 종이가 아닌 새 종이를 내어 줄 터이니 이 도료로 색도 칠해 보아라."

"정말이요?"

국이는 자신도 모르게 고개를 바짝 쳐들었다. 게다가 이가 드러나도록 미소 지었다.

"저저저저저런 발칙한……!"

"죄, 죄송합니다!"

개시어멈이 연신 조아리며 국이의 허리를 잡아끌었다.

"괜찮다. 국이 네가 그림 그리는 걸 허락할 터이니 마음껏 그려 보아라. 다만 약조한 걸 잊진 않았겠지?"

"그럼요. 절대로 제 일을 게을리하지 않겠습니다. 누군가에게 제 일을 떠넘기지도 않을 겁니다."

"그래, 잘 기억하고 있구나. 이제 되었다."

국이는 개시어멈의 손을 꼭 잡고 계단을 내려갔다. 개시어멈이 올라오는 계단보다 내려가는 계단을 어려워해서 더 단단히 개시어멈의 손을 잡아야 했다. 개시어멈은 도료를 싼 꾸러미를 국이 대신 꼭 안았다. 세상에서 가장 귀한 걸 국이에게 온전히 전하고 싶었다.

국이는 개시어멈이 얼마나 세게 자신의 손을 잡고 있는지 온몸으로 느낄 수 있었다. 오며 가며 국이가 숨어서 그림 그리는 걸 눈감아 준 이였다. 큰소리는 칠지언정 한 번도 국이가 그림 그리는 걸 참견하지 않았다. 그 마음을 국이는 진즉에 알고 있었다. 그러니까 국이는 혼자가 아니었다.

계단을 다 내려온 국이는 크게 숨을 들이마셨다. 개시어멈이 국이를 바라보았다. 국이도 개시어멈을 마주 보았다. 둘은 아무런 말도 하지 않은 채 서로의 눈을 바라보며 미소 지었다. 말이 필요 없는 저녁이었다.

고려는 원나라에 의해서 수년간 끊임없이 내정 간섭을 받아
왔으며 어린 왕자들은 볼모로 끌려가 원치 않는 결혼을 해야 했
다. 원나라의 승인 없이는 왕이 될 수도 없었다. 왕이 된 충선왕
은 강력한 개혁정치로 황실로부터 5개월 만에 폐위되었다 어렵
게 복위된다. 말년에 충숙왕에게 양위하고 연경에 만권당을 세
운다. 만권당은 고금의 진서를 수집하여 학문을 연구한 일종의
독서당이었다. 만권당에서 주자 성리학에 조예가 깊던 원의 문
사들과 교류하였다. 시·서·화에 깊은 조예를 가지고 풍류적인
학예 전통을 만든 문사들로 이들의 학예 풍토는 충선왕의 신하
로 10여 년간 원에 머물렀던 이제현(李齊賢)에 의해 고려에 전
래되었다. 이때 전래된 것은 주자학을 비롯한 수전농법, 목면재

배법, 서화의 기법 등 광범위한 것으로, 조맹부의 송설체나 만권당을 통해 들어온 화풍은 후세에 많은 영향을 끼쳤다고 한다.

새로운 학문을 받아들이고 고려의 정치사에도 큰 영향을 준 만권당은 단순히 만 권의 책으로 끝나지 않았을지도 모른다는 상상을 했다. 고려의 불운한 정치사 뒤에 이토록 애달픈 이야기가 있다면 충선왕이 초기에 꿈꾸었던 혁신적인 정치가 물거품이 되진 않았을 터였다.

시류를 탄 화풍이 그 시대를 풍미했다면 개혁은 늘 시류에서 벗어난 이들의 몫이었다. 혁명은 기존의 틀을 깨는 것에서 시작된다. 작은 변화와 새로운 도전이 진보의 첫걸음이 된다. 지금도 어딘가에 만권당이 있을 것이다. 국이처럼 새로움을 두려워하지 않는 이들에게 더 많은 만권당이 필요한 시대다.

윤혜숙

한국콘텐츠진흥원 원작 소설 창작 과정에 선정됐으며, 한우리청소년문학상과 경기문화재단 창작지원금을 두 차례 받았다. 지은 책으로『뽀이들이 온다』,『계회도 살인 사건』,『괴불주머니』,『말을 캐는 시간』,『보호종료』등과 공저『격리된 아이』,『광장에서다』,『대한독립 만세』,『전사가 된 소녀들』등이 있다.

다모 백이설

이설은 인기척에 들여다보던 책자를 반닫이 속에 구겨 넣었다. 분이 눈에 띄었다가는 좋을 일이 없었다. 지난해 초학의 딱지를 떼고 몇 달 뒤엔 간병의로 올라갈 거라며 한껏 어깨에 힘이 들어간 분이였다.

"너 어제도 시전에 갔었지? 너 그렇게 빤질거리다가는 이번에도 불통 받을 거다."

방 안으로 들어서며 분이가 또 한소리 했다. 분이는 『천자문』, 『효경』을 술술 읽고 어려운 혈맥도 곧잘 맞춰 훈도 어른에게 자주 칭찬을 받았다. 그런 우등생이랑 같은 방을 쓰니 이리저리 비교되는 것도 열불 나는 일이었다.

'그림으로 답을 쓰라고 했으면 나도 통과했다고!'

이설은 지난달 시험에 불통을 받았다. 혈맥 이름은 그게 그거 같고, 외워야 할 혈 자리는 또 얼마나 많은지. 붓으로 쓱쓱 그리는 거라면 자신 있지만 한자는 볼 때마다 헷갈렸다.

"걱정 마. 이번 달에는 무슨 수를 써서라도 통 받을 거니까."

"어쭈. 입만 살아 가지고. 두고 볼 거야."

한 달에 한 번씩 혜민서에서는 그달 배운 내용을 시험 보는데 세 번 불통이면 차 수발을 드는 다모로 떨어지거나 원래 있던 관아로 돌아가야 한다. 이설은 반년 동안 두 번이나 불통을 받았다. 다들 제일 먼저 분이가 내의녀가 될 것이고 쫓겨날 아이로 이설을 점찍었다. 겉으로는 걱정하는 척하면서 속으로는 경쟁자 하나 없어진다고 좋아할 테지.

"쳇, 난 내의녀 따윈 부럽지 않거든. 감영으로 돌아가지 않기 위해서라도 꼭 다모가 될 거야."

이설은 혼잣말로 자신을 다독이고 또 다독였다. 거짓말 하나 안 보태고 진짜 마음이 그랬다. 이왕이면 의금부보다 포도청 다모가 되고 싶었다. 그렇게만 된다면 어미 말대로 새처럼 한양 어디든 다닐 수 있을 것이고, 운 좋으면 장안에서 제일 잘생겼다는 포도청 종사관 나리를 볼지도 몰랐다.

이설의 바람이 하늘에 닿은 걸까? 정말 거짓말 같은 일이 벌어졌다. 포도청에서 급히 다모로 부릴 아이가 필요하다는 전갈이 왔다. 마당으로 불려 나간 아이들은 어떻게든 훈도 어른의 눈에 띄지 않으려고 잔뜩 몸을 옹송거렸다. 다른 아이들에 비해 주먹 하나쯤 큰 이설은 빳빳하게 허리를 세우는 것도 모자라 까치발을 했다. 옆의 아이가 옆구리를 찔러 댔지만 이설은 아랑곳하지 않았다. 순간 훈도 어른과 이설의 눈이 마주쳤다.

"너, 포도청 다모로 가겠느냐? 싫다면 말해라."

훈도 어른의 하얀 눈썹이 꿈틀거렸다.

"아뇨. 갈게요."

이설의 대답이 떨어지기 무섭게 여기저기에서 안도의 한숨 소리가 터져 나왔다. 웃음을 참느라 이설의 볼이 실룩거렸다.

이야기책에서 튀어나온 사람처럼 이설의 눈에도 종사관 나리는 멋졌다. 훤칠한 키에 부리부리한 눈과 선 굵은 눈썹이 한눈에도 장부였다. 이설 옆을 지나갈 때는 철릭이 휙휙 바람 소리를 냈다.

포도대장이 이설을 부른 건 포도청에 들어온 지 보름이 훌쩍 지나서였다. 오작사령 순두 아저씨 말로는 한성을 발칵 뒤집어 놓은 살인 사건 때문일 거라고 했다. 한성부와 형조까지 범인 검거에 나섰지만 헛수고로 끝나 버린 사건이었다. 혜민서에 있을 때도 살인 사건에 대해 듣긴 했지만 포도청 다모로 들으니 왠지 어깨에 묵직한 돌이 얹히는 기분이었다.

들어가라는 서리의 말에 이설은 깊이 숨을 들이쉬었다. 목구멍이 포도청이라는 말처럼 평생 가고 싶지 않다는 포도청, 게다가 호랑이보다 더 무섭다는 포도대장과 대면할 생각에 가슴이 벌렁거렸다. 이설은 저고리 위에 걸친 반비* 끝자락을 단단히 끌어내렸다.

방 안에는 좌포도청 포도대장과 종사관, 또래로 보이는 여자아이가 앉아 있었다. 이설의 눈길이 자꾸 여자아이 쪽으로 쏠렸다.

"저 아이가 여기 오겠다고 자청했다지?"

"그랬다고 하더군요. 보기 드문 일이죠."

이설이 대답하기도 전에 종사관이 말을 가로챘다. 자신을 관심 있게 보았나 싶어 이설의 입가에 옅은 웃음이 지어졌다.

"성적이 안 좋았던 게지. 그게 아니라면 자청할 이유라도 있는 거냐?"

포도대장의 비꼬는 듯한 말에 이설의 얼굴이 바짝 굳었다.

"의녀 공부가 지루하긴 했지만 성적이 나쁘지는 않았습니다."

반년도 안 돼 쫓겨 나간 아이들에 비하면 중간치는 갔으니 말짱 거짓말은 아니었다.

"한양까지 와서 궁궐에 갇혀 지내고 싶지 않았어요. 다모가 되면 한양 곳곳을 다닐 수 있고, 살인 현장에도 갈 수 있다 해서

* 어깨를 덮는 짧은 길이의 여성용 겉옷.

자원했습니다."

이설은 틈을 주지 않고 제 생각을 덧붙였다. 남녀가 유별하고 내외의 법도가 엄연한지라 여자 죄수를 다루거나 여성 피의자의 몸을 수색하거나 사체를 검시할 때, 또 사건과 관련해 안채를 수색하거나 양반가 여인들을 포박할 때 다모가 필요하다는 것쯤은 이설도 알고 있었다.

원주 감영에 있을 때였다. 늙은 호방이 여종을 욕보인 게 탄로나자 먼저 꼬리 쳤다며 누명을 씌운 일이 있었다. 여종은 억울함을 이기지 못하고 저수지에 몸을 던졌다. 자살로 처리됐는데도 호방이 무슨 수를 썼을 거라는 말이 나돌았다. 그뿐인가, 머슴들은 주인 대신 매를 맞다가 죽음을 당하기도 하고, 노비를 선물로 주고받으면서 멀쩡한 가족이 찢어지는 일도 다반사였다. 여자라는 이유로, 천한 신분 때문에 늘 죽고 피해를 입는 것은 머슴들과 여종들이었다.

"뭐라? 넌 시체를 만지는 게 무섭지 않느냐?"

어이없다는 듯 포도대장의 입이 벌어졌다.

"개똥밭에 굴러도 이승이 좋다지 않습니까. 무슨 사연으로 죽을 수밖에 없었는지 그걸 밝히는 일은 더없이 중한 일이라고 생각합니다."

"저 아이, 마음에 들어요."

종사관 옆에 앉아 있던 아이가 불쑥 끼어들었다. 포도대장의 곱지 않은 시선 때문인지 아이는 얼른 손으로 입을 가렸다. 제 말이 그렇게 우습게 들렸나 싶어 이설은 아이 쪽을 향해 잔뜩 눈을 흘겼다.

"맹랑하구나. 그래도 네가 다모로 쓸 만한지 아닌지는 두고 볼 일이고…… 다모가 되려면 조건을 갖춰야 하는 것도 알겠구나."

"네?"

혜민서의 훈도 어른이 추천했고 본인이 자청한 일인데도 포도대장은 대충 넘어갈 기세가 아니었다.

"일단 키는 보기에도 5척이 넘는 것 같으니 그건 됐고, 쌀 닷 말은 들 수 있겠느냐?"

그 말에 이설은 방 주위를 휘둘러보았다. 당장이라도 증명하고 싶었지만 그만한 무게가 나가 보이는 물건이 보이지 않았다.

"쌀 한 가마니도 너끈하게 들 수 있을 것 같은데요?"

이설의 실망하는 눈빛을 보기나 한 듯 여자아이가 편들고 나섰다.

"해 보지는 않았지만, 혜민서 동무들에게 힘이 장사라고, 웬만한 사내보다 낫다는 말을 듣긴 했습니다."

여자아이의 참견이 고맙기는커녕 주제넘다 싶어 이설은 입꼬리를 말아 올렸다. 포도대장도 못마땅한 눈길로 여자아이를 쳐다보았다.

"넌 그만 가 보거라. 앞으로 사적인 부탁으로 아비를 찾아오는 일은 삼가도록 해."

"사적인 일이 될지 안 될지 아버지가 어떻게 장담하세요?"

말뽄새와 입성으로 대충 짐작은 했지만 여자아이는 포도대
장의 딸인 모양이었다.

'철이 없네. 포도대장이 아버지라 그래도 저건 아니지······.'

입을 비죽대던 여자아이가 이설과 눈이 마주치자 배시시 웃
었다. 사르락사르락 비단 치마 끌리는 소리와 함께 상큼한 향이
코끝에 닿았다.

"자영 아가씨가 저리 말할 때는 무슨 이유가 있지 않을까요?
한번 재고해 보십시오."

"그 아이 아버지가 파직당하고 유배 갔다는 걸 자네도 알잖
는가. 전후 사정이야 어찌 되었든 그런 일은 들어도 못 들은 척
하는 게 신상에 좋은 법이야. 명심하게."

포도대장의 말에 종사관이 고개를 조아렸다.

방을 나오자 여자아이가 맞은편 쪽마루에 앉아 있다가 이설
을 불러 세웠다.

"저요?"

이설은 손끝으로 제 가슴을 가리키며 자신을 부른 거냐고 물
었다.

"응. 난 자영이야, 이자영. 넌 이름이 뭐니?"

"이설이요, 백이설. 무슨 일인데요?"

자영은 찌지도 마르지도 않은 몸에 복숭앗빛이 도는 볼살하며 영락없는 소녀였다. 이설은 진즉부터 자영이 안고 있는 책에 자꾸 눈이 갔다. 요즘 장안에서 화제라는 『이유생전』이라는 이야기책이었다. 장안의 내로라하는 양반가의 여식이 실종되는 사건에 의문을 품고 성균관 유생이 사건의 전말을 파헤치는 이야기라고 들었다.

"이렇게 얼굴 텄으니까 앞으로 친하게 지내자. 나도 사체 검시에 관심이 많거든. 아까 보니까 배포가 대단하더라. 내 친구 하기엔 딱 좋다고나 할까?"

웬 낮도깨비 같은 말인가 싶어 이설은 눈알만 뙤록거렸다. 이설의 떨떠름한 표정에 당황했는지 자영이 숨도 안 쉬고 빠르게 말했다.

"보다시피 내가 마음대로 나다닐 수 있는 처지가 못 돼. 네가 보고 들은 걸 나한테 들려주었으면 해서. 우리 집이 여기에서 가깝기도 하고."

"아씨의 부탁을 들어주면 저한테는 뭘 해 주실 건데요?"

"뭘 원하는데?"

"『증수무원록』이요."

양반가 규수와 관노에 불과한 다모가 친구가 되다니 가당치 않은 일이었다. 어차피 말도 안 되는 일이라 반은 장난 삼아, 반은 바람을 담아 불쑥 던진 말이었다.

이설은『증수무원록』을 한 번이라도 좋으니 꼭 보고 싶었다. 그 책에는 사체를 검시하는 방법과 사망 원인을 알 수 있다고 했다. 사체의 키, 얼굴 빛깔, 팔과 다리, 피부 손상 여부를 검시할 때 반드시 살펴야 할 것이 무엇이고 응용법물인 술지게미, 식초, 소금, 감초, 백반 등을 어떻게 사용하는지 적혀 있다고 했다. 오작사령 순두 아저씨도『증수무원록』을 봤을까?

"그건 좀……."

"그럴 줄 알았어요. 그럼 저는 이만."

기대도 안 했지만 역시나 싶어 이설은 까딱 인사를 하고 돌아섰다.

"원본은 아니지만 아예 못 구하는 건 아냐."

뻔한 거짓말이라는 걸 알면서도 자영의 말에 이설의 발이 멈칫 섰다.

"그사이 내가 베껴둔 게 좀 있거든. 그게 그러니까……."

자영이 그사이『이유생전』에서 검시가 나오는 부분을 정리해둔 것이 있다는 것이었다. 눈을 반짝이는 이설에게 자영은 다음 달 초닷새 창의문 입구에 있는 주막에서 보자고 했다. 창의문까지 가 보다니, 그 구경만 해도 어디냐 싶었다. 밑져야 본전이라는 생각에 이설은 저도 모르게 고개를 끄덕였다.

검시실에 들어서는 이설을 보자 순두 아저씨의 눈이 세모꼴이 되었다.

"왜 이렇게 늦었느냐? 대장 나리가 네가 마음에 들지 않다더냐?"

"보따리 싸라는 말은 안 하신 걸 보면 쫓아내진 않을 것 같아요."

"다행이구나."

순두 아저씨의 이마 주름이 슬그머니 펴졌다.

"포도대장 나리와 종사관 나리까지 뵈었으니 진짜 다모가 된 거 맞죠? 이제 사건 현장에만 가 보면 되는 건데……."

이설이 바짝 다가서며 어울리지 않게 아양을 떨었다.

"다른 다모들은 살인 현장에 가는 거라면 질색하는데 별나구나."

"얘기를 들려줘야 할 사람도 있어서 많이 다닐수록 좋아요."

"누구?"

"그런 사람 있어요."

"나도 알고 싶지 않다."

순두 아저씨가 사람 좋은 웃음을 지었다.

*

낭청에 차를 올린 후 이설은 검시방이 있는 아전 쪽으로 향했다. 담벼락에 붙어 서서 한참 동안 안쪽을 기웃거렸다. 다른 서리들이 끼리끼리 어울려 나간 뒤에도 순두 아저씨는 나오지 않았다.

"아저씨, 이거 같이 먹어요."

이설은 주먹밥을 싼 베주머니를 풀었다.

"안사람은 며칠째 죽도 못 넘기는데 나 살자고 꾸역꾸역……난 생각 없으니 너나 먹어라. 제 몸 중한 줄 알아야 다른 이도 그리 대하는 법이지."

묘하게 엇갈리는 앞뒤 말에 이설은 슬며시 웃음이 났다. 무심한 듯하면서도 속정 깊은 순두 아저씨가 이설은 좋았다. 다른 아전들이 서류 나부랭이를 뒤적이거나 포도대장과 종사관을 따라다니며 생색 나는 일만 골라 할 때 순두 아저씨는 다들 꺼리는 사체를 만지고 검시하는 일을 도맡아 했다.

"아주머니가 명치를 눌렀을 때 딱딱한 게 잡히고 아프다고 하셨죠?"

"어찌 알았냐? 요즘은 통 먹지를 못하고 끙끙 앓기만 하니……."

"담적이에요. 위에 노폐물이 쌓여서 제대로 소화를 못 시키는 거예요. 생강을 끓여 드시면 금방 나을 거예요."

"생강같이 비싼 걸 우리 같은 사람이 쉬 먹을 수 있남?"

순두 아저씨의 말에 이설의 얼굴이 붉어졌다. 혜민서에 있을 때나 흔히 볼 수 있는 약재라는 걸 깜박했기 때문이다.

"그 생각까지는 못 했어요. 그럼 밭가에 질경이가 한창이니 그걸 뜯어다 끓여 먹거나 된장에 조물조물 심심하게 무쳐 드세요. 틈틈이 손가락 지압을 해 주면 효과가 더 빨리 나타나요."

이설은 양손을 번갈아 가며 엄지와 검지 사이를 꾹꾹 누르는 시늉을 했다. 그런 게 효과가 있겠냐면서도 순두 아저씨는 이설이 하는 양을 열심히 따라 했다.

며칠 뒤 순두 아저씨는 시키는 대로 했더니 속이 많이 편해 졌는지 안사람이 죽을 반 그릇이나 먹었다고 했다. 그 일이 계기가 된 건 아니겠지만 순두 아저씨는 틈만 나면 이설이 조르는 대로 시형도 그리는 법과 응용법물 사용법을 가르쳤다.

"전 포도청 다모가 되면 금방 범인도 잡고 살인 현장에도 갈 줄 알았어요. 벌써 일 년이 다 돼 가는데……."

소금물에 담궜던 은비녀를 마른 수건으로 닦으며 순두 아저 씨가 종알대는 이설을 쳐다보았다.

"벌써 그렇게 됐나? 말은 그렇게 해도 진짜 피투성이 사체를 보면 뒤도 안 돌아보고 도망칠걸?"

"전 아니거든요. 죽은 자는 반드시 뭔가 흔적을 남긴다면서요. 아무리 험악한 사체라 해도 죽기 전에는 저랑 똑같은 사람이었잖아요. 제가 그런 일을 당하면 무엇보다 왜 죽었는지 누군가에게는 알려 주고 싶을 것 같아요."

“우리가 검시할 일이 없다는 건 살인 사건이 벌어지지 않았다는 거니까 좋은 일이지. 그래도 나중에 기회 되면 종사관 나리한테 얘기는 해 보마.”

순두 아저씨의 말이 성에 차지 않았는지 이설이 연신 입을 달싹였다.

“오작사령은 사체만 봐도 사망 원인을 알 수 있다는데 정말 그래요?”

이설은 뭔 말이라도 들을까 싶어 순두 아저씨한테 바짝 달라붙었다. 참혹한 사체를 봐도 당황하지 않게 담력을 키워야 하는 거 아니냐는 이설의 너스레에 순두 아저씨가 큼큼 목을 가다듬었다.

“사망 원인을 밝히는 게 우리 일이다. 그러니까 현장에 딱 도착하면 사체와 관련된 것들을 있는 그대로 보존하고 아무도 훼손하지 못하도록 단도리를 하는 게 중요하지.”

“죽은 지 오래된 사체는 구더기도 생기고 냄새도 엄청 날 것 같아요.”

“사람이 죽으면 몸에 붙어 살던 나쁜 것들이 바깥으로 나오니까 그렇긴 하지. 어쨌든 검시하다 병이라도 옮으면 큰일이지 않겠냐? 그럴 때는 쥐엄나무와 삽주 뿌리를 태워 더러운 기운을 쫓고 참기름을 콧구멍 아래에 발라 부패한 사체로부터 나오는 나쁜 벌레들이 달라붙는 걸 막을 수 있지.”

"아하. 이렇게 말이죠."

이설이 바가지 물을 코 아래 묻혔다. 이설의 하는 양에 어이 없어 하는 것도 잠시 순두 아저씨가 다시 목소리를 가다듬었다.

"그런 다음엔 죽은 사람이 누구인지 확인해야 한다. 집에서 죽으면야 가족들이 신원을 알려 주겠지만 집과 멀리 떨어진 곳에서 죽으면 사망자가 누군지 처음 발견자나 근처 사람들의 증언을 들어야겠지. 그런 거야 동행한 윗사람들이 하는 일이고 율관과 나는 시신이 놓인 위치와 상태를 정확히 관찰하고 기록하지. 그런 다음엔 시신에 남겨진 상처를 꼼꼼하게 살펴야 하지. 그래야 자살인지 타살인지 밝힐 수 있을 테니 말이다."

"그런 다음에는 시형도를 그리는 거죠?"

참지 못하고 아는 척하는 이설을 보며 순두 아저씨가 맞장구를 쳤다.

"옳지. 인체 부위를 그려 놓은 앙면(앞면)과 합면(뒷면)의 각 부위에 상처를 표시해야지."

머리에 새기기라도 하려는 듯 이설의 표정이 자못 진지했다.

"아저씨가 본 제일 끔찍한 사건은 뭐였어요?"

"그런 게 어디 있겠냐? 제 명에 죽지 못한 죽음은 다 안타깝지."

사람 목숨은 다 소중하다는 말인 듯해 이설은 자못 숙연해졌다. 순두 아저씨의 얼굴도 어두워졌다.

"너 또 여기에 있는 거야? 하여튼 빤질거리기는."

한참을 찾아다닌 게 억울하다며 다모 희옥이 고시랑댔다. 볼일이 있어 불렀다며 순두 아저씨가 얼른 이설을 감쌌다.

"언니는 범인을 체포해 본 적 있어요?"

턱밑에서 헤헤거리는 이설을 보며 희옥이 히죽 웃었다.

"궁궐의 마마님이든 양반가 안방마님이든 혐의가 있으면 당연히 우리가 가야지. 체포하라는 명령이 떨어지면 선전관청에서 주는 자주색 통보를 들고 말이지."

"그게 없으면 체포 못 하는 거예요?"

"그럼. 통보가 나라의 녹을 먹는 사람이라는 걸 증명해 주는 거니까. 보통은 오라를 내밀면 어느 안전인데 무례하게 구냐는 둥 자신은 죄가 없다고 박박 우기거든. 그럴 때 통보를 내밀면 백이면 백 사색이 되지."

"너무너무 멋져요. 나도 빨리 하고 싶어요."

이설이 잔뜩 목에 힘을 주는 희옥의 손을 끌어 잡았다. 순두 아저씨가 냉수라도 마셔야겠다며 슬며시 일어났다.

＊

양지바른 곳에는 이른 봄풀이 돋기도 했지만 옷깃을 파고드는 바람은 매서웠다. 이설은 문짝을 흔드는 소리에 눈을 떴다.

"얼른 나와 봐라."

눈을 비비며 이설은 윗저고리를 주섬주섬 껴입었다. 방문 반쪽이 새벽빛으로 희붐했다. 이설은 앞섶을 바짝 여미며 방문을 나섰다.

"아저씨, 무슨 일이에요?"

포졸 장씨 아저씨가 양 겨드랑이에 끼고 있던 손을 빼냈다. 장씨 아저씨는 대답도 않고 빨리 따라오라는 말만 되뇌었다. 새벽녘에 찾아온 걸 보면 보통 일은 아닌 듯했다.

'누가 다쳤나? 설마 살인 사건이 벌어진 건 아니겠지?'

몇 발짝 안 되는 거리를 가는데도 온갖 생각으로 머릿속이 시끄러웠다. 순두 아저씨가 여기저기 소문을 냈는지 포졸들이 자주 이설을 찾았다. 장씨 아저씨도 그렇게 알게 되었다. 부스럼이 낫지 않는다, 설사가 멎지 않는다, 갖가지 병증에 대해 물어올 때마다 이설은 의서를 찾아보고 자신이 알고 있는 모든 의학 지식을 동원해 알려 주려고 애썼다.

장씨 아저씨가 따라 들어오라며 방문을 열었다. 새벽 교대를 나갔는지 방 안은 조용했다.

"이 아이 좀 봐라."

장씨 아저씨가 거적더미를 들췄다. 맨바닥에 예닐곱 살쯤 된 아이가 누워 있었다. 찬바람에 거미줄처럼 쩍쩍 갈라진 아이의 얼굴은 초췌했다. 땟국물에 전 소매 아래 벌건 손이 삐져나와 있었다. 정신을 잃었는지, 굶어서 기력이 없는지 아이는 거의 빈

사 상태였다. 발목이 잘린 한쪽 다리에 눈길이 닿자 이설의 눈동자가 심하게 흔들렸다.

"죽은 건 아니겠지? 아무리 힘들어도 그렇지 애를 버리다니, 말세다 말세야."

장씨 아저씨의 숨소리가 거칠어졌다. 이설은 코밑에 손가락을 댔다. 가느다란 숨결이 느껴졌다.

"어디에서 데려온 거예요?"

"야간 순찰이 끝나고 집에 들어가는데 청계천 둑에 수상한 거적이 보이지 않겠냐? 거적을 들춰 보니 저 아이가 쓰러져 있지 뭐냐. 춘궁기 때마다 살기 힘들어 아이를 내다 버리는 게 예사라 오죽했으면 그랬을까 싶으면서도 참······."

장씨 아저씨가 연신 혀를 찼다. 아이는 그때까지도 손끝 하나 움직이지 않았다.

"아저씨 덕에 이 아이가 목숨을 건졌어요. 조금만 더 늦었다면 동사했을 거예요."

"그렇다면 다행이다만 어린것이 불구의 몸으로 어떻게 살아낼지 답답하네."

이설은 아이의 발을 찬찬히 들여다보았다. 발목에 앉은 피딱지가 잘릴 때 생긴 건지 아니면 떨어져 나간 발목이 간지러워 긁어서 낸 상처인지 구분이 잘 안 갔다.

"이 상처는 칼로 자른 것 같지 않아요."

"그게 아니라면 어떻게 이렇게 댕강 발목이 나갈 수 있는 거냐?"

"어떻게 된 일인지 아이가 깨어나면 알겠죠."

이설은 거적을 걷어 내고 반닫이 위에 이불을 가져와 덮어 주었다. 장씨 아저씨는 종사관한테 얘기하겠다며 틈틈이 아이를 들여봐 달라고 부탁했다.

다모간에 돌아온 이설은 장롱 안을 더듬었다. 작은 책자가 손에 잡혔다. 혜민서에 있을 때 보던 책자였다. 동상에 관한 부분을 읽어 가며 이설은 고개를 주억거렸다.

아이는 저녁나절이 되어서야 정신을 차렸다. 며칠을 굶었는지 아이는 이설이 끓여 온 미음을 허겁지겁 먹었다. 그릇이 바닥을 보이자 아이가 아쉬운 듯 입술을 핥았다.

"발목은 어쩌다 이렇게 됐는지 기억하겠냐?"

장씨 아저씨가 여러 번 물었지만 아이는 눈물만 흘렸다. 한참을 얼르고 달래서야 아이가 입을 뗐다.

"아줌마가 잘랐어요."

"아줌마 누구?"

"이름은 몰라요."

"어디 사는지는 아냐?"

"근처에 가면 알 수 있는데……."

"정말이냐?"

"그 아줌마, 진짜 나쁜 사람이에요."

이설은 그 아줌마를 혼내 줄 거라며 울먹이는 아이를 달랬다.

다음 날 아침, 장씨 아저씨가 아이를 등에 업고 노비 인덕의 집에 갔다. 포도청 사람들과 순두 아저씨도 따라나섰다. 이설은 범인으로 지목된 사람이 여자이니 자기가 가야 하는 거 아니냐고 말했지만 종사관은 눈길 한번 주지 않았다. 어쩔 수 없는 일이라는 걸 알면서도 이설은 하루종일 속이 부글부글 끓었다. 몇 번이나 포졸들의 눈총을 받아가며 포도청 앞을 들락날락했다. 저녁이 다 돼서야 일행이 돌아왔다.

"정말 그 노비가 그랬대요?"

"아고아고, 숨 넘어가겠다."

순두 아저씨가 문지방을 건너 넘어질 듯 들어서는 이설을 보고 구시렁거렸다.

"가만 놔두면 동상 걸린 발이 썩기 때문에 어쩔 수 없었다는 구나. 아이를 얼마나 찾았는지 모른다고 어찌나 울고불고 하는 지."

이설의 입에서 가느다란 신음 소리가 새어 나왔다.

"다들 포졸만 봐도 오줌을 지리는 법인데 자기는 절대 발목을 자르지 않았다고 완강하게 버티는 걸 보면 진짜 같기도 하고 말이다."

"그래서 그냥 돌아온 거예요?"

"웬걸. 종사관 나리가 더 조사할 게 있다면서 끌고 왔지. 지금쯤 옥에 있을 거다. 나도 증거가 될 것 같아 부엌칼을 가져왔고."

순두 아저씨는 알지도 못하는 아이한테 왜 그런 짓을 벌였는지 모르겠다며 석연치 않아 했다.

"아저씨 눈에는 어땠는데요?"

"선한 눈빛을 가졌더구나. 나쁜 짓 할 사람으로는 보이지 않았다. 동네 사람들도 하나같이 인덕이 버러지 한 마리 못 잡는 사람이라 하고 말이다."

한참 고개를 숙이고 있던 이설이 말을 꺼냈다.

"아저씨, 범행에 썼다는 칼 좀 보여 주실 수 있으세요?"

"왜 그러냐?"

"아무래도 범인이 따로 있는 것 같아요."

"하여튼 고집은. 내일 점심나절에 한번 들러라."

다음 날 이설은 옥으로 인덕을 만나러 갔다. 인덕이 기다시피해서 창살 쪽으로 다가왔다.

"아이는 잘 있는 거죠?"

이설이 걱정하지 말라며 인덕을 안심시켰다. 고신이 얼마나 힘겨웠는지 인덕의 얼굴은 피딱지가 엉기고 저고리와 치마는 온통 피 얼룩이었다. 이설은 미욱스럽다는 생각을 누르고 칼에 피를 묻힌 사람이 따로 있는 것 같은데 짚이는 사람이 없냐고 물었지만 아무 답도 들을 수 없었다. 인덕이 범인을 밝히지 못하는 데는 말 못 할 사정이 있을 거라 이설은 확신했다.

쉬는 날, 이설은 시전 구경을 간다 둘러대고 밖으로 나왔다. 한참을 걸어 이설은 인덕의 집을 찾아갔다. 돌보는 이 없는 집은 썰렁하기 그지없었다.

"다모, 아니슈? 여기까지 어쩐 일로 왔수?"

아낙 하나가 사립문 안을 기웃거렸다. 이설이 별말 않자 아낙이 평상에 엉덩이를 걸쳤다.

"발목 잘린 아이를 전에 보신 적 있어요?"

"아이는 본 적 없는데 인덕이 찾아오긴 했구먼. 느릅나무 껍질 좀 얻을 수 있냐고. 그래서 내가 이 봉사한테 부탁하라고 했더니 영 탐탁치 않아 하는 눈치였어."

"느릅나무 껍질이요? 이 봉사는 누구예요?"

"구리개 약방에서 일하는 사람이지. 나도 인덕이 그걸 찾는 게 아직도 이상하우. 느릅나무 껍질은 동상 걸렸을 때 쓰는 거라우. 만약 발목을 잘랐으면 지혈제로 쓰는 짚신나물을 찾았을 거유."

"듣고 보니 그렇네요. 인덕 아주머니는 왜 이 봉사를 찾아가지 않았을까요?"

이설이 고개를 갸웃했다. 아낙은 이 봉사와 인덕이 그렇고 그런 사이라는 소문이 자자했다며 목소리를 낮췄다. 이설은 인사는 하는 둥 마는 둥 포도청으로 달려갔다.

사흘 뒤 포졸 장씨 아저씨가 이설을 찾아왔다.

"인덕이 무죄로 풀려나게 되었다. 순두가 이번에 큰일 했나 보더라."

"잘됐네요."

죄 없는 사람이 풀려나는 게 당연한 일 아니냐며 이설은 배시시 웃었다.

"아이는 어떻게 한대요?"

장씨 아저씨라면 왠지 알 수 있을 것 같아 이설은 넘겨짚어 말했다.

"포도대장 나리가 활인서로 보내겠다는 걸 인덕이 굳이 자기가 양아들 삼아 키우겠다고 했다더라. 그녀석, 그나마 운이 좋은 거지. 천만다행이지 뭐냐."

장씨 아저씨가 다모간을 나간 후 이설은 서둘러 검시방 쪽으로 달려갔다. 순두 아저씨에게 물어볼 말이 산더미였다.

방 밖에 어른거리는 그림자를 봤는지 순두 아저씨가 들어오라며 방문을 열어 주었다.

"네가 아니었으면 애먼 사람 하나 골로 보낼 뻔했지 뭐냐."

"제가 한 게 뭐 있다고요. 순전히 아저씨 덕분이죠. 포도대장과 종사관 나리는 갑자기 왜 생각을 바꿨대요?"

"네가 준 명백한 증거가 있었잖냐. 그나저나 넌 어떻게 봉사의 처가 범인이라는 걸 알아냈는지 그거나 들어보자꾸나."

순두 아저씨의 말에 이설은 어깨를 으쓱했다.

"아저씨가 인덕 아줌마의 칼에 생긴 혈흔이 엄청 넓다고 했잖아요. 동상에 걸린 발목을 잘랐다면 혈흔이 없거나 있어도 그리 크지 않거든요. 더구나 그렇게 매끄럽게 발목을 자르려면 도끼나 작두를 써야 하는데 그걸 손쉽게 구할 수 있는 사람이 누굴까, 인덕 아줌마의 집에 들락거려도 의심을 사지 않고 칼에 피를 묻힐 수 있는 사람, 그런 사람이 딱 한 사람밖에 없더라고요."

이설은 지난번 인덕의 집에 갔다가 봉사가 인덕의 집에 자주 들락거렸다는 걸 알게 되었다. 한 고향에서 자란 인덕이 아들을 못 낳는다는 이유로 시댁에서 쫓겨나 동네로 이사를 온 것을 안 봉사는 틈틈이 인덕을 돌봐주었다. 마을에 인덕과 봉사 사이가 수상하다는 소문이 도는데도 봉사 처는 자주 들락거리며 인덕을 아우처럼 챙겼다. 사람들은 그런 봉사 처를 하늘이 내린 부처라고 칭찬하기까지 했다.

"아하, 그래서 구리개까지 같이 가자고 한 거군."

인덕 집에 다녀온 다음 날, 이설은 순두 아저씨와 함께 이 봉사가 일하는 구리개 약방에 찾아갔다. 쓰고 있던 작두를 모두 가져오라는 말에 의원은 들은 바 없어 내줄 수 없다며 버텼다.

이설이 자주색 통보를 보이고서야 마지못해 봉사가 몇 자루의 작두를 내밀었다.

포도청에 돌아온 순두 아저씨가 끓인 고초(식초) 물을 붓자 이 봉사가 쓰던 작두에서 선연한 핏자국이 드러났다.

"이게 어찌 된 일이냐?"

"봉사 처가 인덕에게 죄를 뒤집어씌우려고 한 거예요. 인덕이 없어지면 남편이 그 집에 들락거릴 이유도 없으니까요."

다음 날 포도청에 끌려온 봉사의 처는 생사람 잡는다며 발악을 했다. 순두 아저씨가 작두를 내보이자 바닥에 주저앉았다.

*

점심도 거르고 이설은 포도청을 나섰다. 자영이 급히 보자는 기별 때문이었다. 그사이 몇 번 만나 『이생원전』에서 베껴 쓴 것을 몇 장 얻기도 했다. 그때마다 한꺼번에 줄 것이지 병아리 오줌처럼 찔끔찔끔 주냐고 이설이 툴툴댔다. 한 번에 주면 다시 만나 주지 않을 것 같아서 그런다며 자영이 흐흐거렸다.

창의문 밖 주막은 점심때를 지나서인지 한가했다. 막 설거지 물을 마당가 텃밭에 붓던 주모가 이설을 보고 반갑게 맞이했다.

"왜 이렇게 늦었냐? 자영 아씨가 아까부터 기다리는데."

"오늘도 점심 굶고 나온 거라고요. 제가 누구처럼 한가한 줄

아세요?"

"그런 생색을 왜 나한테 내냐? 자꾸 성질 피우면 너만 손해일 텐데."

"내가 실수, 아니 잘못했어요."

이설은 주모의 함지를 날름 뺏어 들었다. 그사이 주모가 준 정보 중에는 꽤 쓸 만한 것들이 많았다. 살갑게 구는 이설을 흘 끔대며 주모가 키득거렸다.

투닥거리는 소리를 들었는지 방문을 열고 자영이 들어오라 는 손짓을 했다.

"뭘 부탁하려면 우선 배부터 든든하게 해 줘야 한다던 데……."

미리 주문해 두었는지 주모가 수육 한 접시와 국밥을 들고 왔 다. 이설은 머뭇대지 않고 수저를 들었다.

"네가 발목 잘린 아이 사건을 해결했다며? 대단하다, 너."

자영이 이설을 한껏 추켜세웠다.

"오늘 보자고 한 이유가 뭐예요? 보름 전에 만났었잖아요."

이설은 빤히 자영을 쳐다보았다. 별일도 아닌 걸 가지고 만나 자 했어도 제대로 성질 한번 못 내고 꾹 참아야 하는 처지였다. 어쨌든 자영은 포도대장의 딸이고 모셔야 할 윗사람이었다.

"에두르지 않고 바로 말할게. 친구 집에 한번 들러봐 주었으 면 해서……."

"친구라면서 만나면 되지, 감옥에라도 들어간 거예요?"

농담처럼 한 이설의 말에 자영의 낯빛이 바짝 굳었다. 따라온 몸종 아이까지 덩달아 얼굴을 일그러뜨렸다. 이설의 무례함이 못마땅한 모양이었다.

"얼마 전부터 채련이랑 연락이 안 돼. 아무래도 무슨 일이 있는 것 같아."

자영은 채련이 두 해 전에 혼인했고, 한 달 전부터는 소설 읽기 모임에도 나오지 않는다고 했다. 채련과 친한 모임의 동무도 사정을 모르는 것 같다며 자영은 유배 갔던 아버지가 사약을 받은 일로 채련이 나쁜 마음을 먹은 건 아닌지 걱정이라고 했다. 매사 밝고 긍정적인 채련이 이렇게 나올 때는 분명 무슨 일이 벌어진 거라며 지레짐작했다. 걱정 때문인지 자영의 목소리가 몹시 떨렸다.

"그렇게 젊은 아가씨가 재취 자리로 시집간 건 서녀라는 처지 때문인 거죠? 혼인 전에 집안 사람들한테 엄청 구박받았을 테고……."

"그건 아닐 거야. 채련 아버지가 얼마나 예뻐하셨는데. 채련의 시댁이 워낙 떵떵거리는 집안이라 그런 곳에 시집가면 평생 돈 걱정은 안 하고 이쁨받을 거라고 하셨대."

벼슬자리를 얻거나 가문의 잇속을 챙기려고 젊은 처녀가 늙은 사내의 재취로 들어가는 게 무슨 별일이라고. 이설이 별다른 반응을 보이지 않는데도 자영은 이런저런 말을 계속 떠들어 댔다.

이설은 문득 보름 전쯤 자영이 포도청에 들른 게 떠올라 떠보 듯 물었다.

"저번에 포도청에 찾아온 것도 그 일 때문인 거네요?"

"역시, 넌 내가 생각했던 것보다 훨씬⋯⋯."

"훨씬 뭐 어떻다구요?"

"똑똑하다고. 채련에게 만날 날짜를 받아오면 더 좋고."

자영은 말 도중에 이설 앞에 보따리 하나를 내밀었다. 이설의 눈이 동그래졌다.

"뇌물이면 안 받아요. 날 뭘로 보고⋯⋯."

이설이 벌게진 얼굴로 보따리를 밀쳐 냈다. 몸종이 이번에도 김칫국부터 마신다면서 종알댔다.

"뇌물 아냐. 친구 집에 덜렁 들어가기 좀 그럴 것 같아서 준비 한 거야. 아버지가 그리 되셨으니 마음이 얼마나 슬프겠어. 채련 이 갖고 싶다고 노래를 불렀던 거야."

자영이 풀어놓은 보자기 안에는 자개 보석함이 들어 있었다. 보석함 안에는 매화 문양을 한 비녀가 들어 있었다. 이설은 처 음 보는 멋진 비녀를 한참 동안 들여다보았다.

자영이 부탁한 채련의 집에 가기로 한 날, 아침부터 포도청

안이 시끌시끌했다. 포도청을 빠져나갈 틈만 노리던 이설은 순두 아저씨가 보자는 말에 얼른 검시방으로 갔다. 포도청 사람들이 사건 현장에 몰려나가면 빠져나갈 구실이 생길 것 같아서였다. 순두 아저씨는 응용법물을 챙기느라 이설이 들어서는 것도 모를 만큼 부산했다.

"오늘이 네 소원을 이루는 날인가 보다. 어서 나갈 준비 해라."

"옛?"

"양덕방에 사건이 벌어졌다는 말 못 들었어?"

"살인 사건이요?"

"젊은 마님이 자살했다는데 그건 가 봐야 아는 거고. 어젯밤 꿈이 영 뒤숭숭하더니……."

"그럼 당장 가야죠."

얼마나 기다리던 일인가? 자영과의 약속이야 며칠 미룬다고 큰일 날 것도 없고, 더구나 단순한 심부름이잖은가? 응용법물을 싼 보따리를 뺏어 든 이설의 얼굴이 발갛게 달아올랐다.

행세깨나 하는 양반 집에서 벌어진 사건이어서인지 좌포도청 사람들이 총출동했다.

양덕방까지 가는 동안 포졸들을 본 사람들이 기겁해서 꽁무니를 뺐다. 개중에는 담벼락 뒤에 숨어 고개를 내미는 사람도 있었다. 이설은 허리를 곧추세우고 가끔 눈이라도 마주치는 아낙들에게는 삐죽 웃어 주기도 했다.

포졸들이 들어간 솟을대문에 걸린 문패를 보던 이설의 얼굴이 굳어졌다.

"여기는 전 호조참판이었던 이춘식 어른의 집 아니어요?"

"네가 그걸 어떻게 아느냐?"

순두 아저씨가 어리둥절한 얼굴을 했다.

"이 집에 심부름할 일이 있었거든요."

"무슨 심부름?"

자영에 관한 것만 빼고 이설은 며칠 전 이야기를 털어놓았다.

"선물의 주인이 아니어야 할 텐데."

낯빛이 어두워지는 순두 아저씨를 보며 이설은 아무 말도 하지 않았다. 혹시나 싶어 뒷머리가 쭈뼛쭈뼛 섰다.

마당에 들어선 포도대장을 보고 시어머니 되는 이가 버선발로 뛰어나왔다. 그 바람에 마당 한쪽에서 쑤군대던 노비들도 일시에 입을 다물었다.

"아이고, 며늘아기가 독한 맘을 먹었나 봅니다."

"좌랑 나리는 어디 계십니까?"

포도대장이 눈물바람인 노마님을 본 척 만 척 딱딱하게 물었다.

"지금 제정신이겠어요? 며늘아기와 금슬이 얼마나 좋았게요. 개진 아범, 좌랑 나리가 어디 계신지 찾아보게나."

개진 아범이 발도 한 발 안 떼고 눈만 꿈벅댔다. 방에서 사내의 울음소리가 새어 나왔기 때문이었다.

"부인, 부인! 어쩌자고 이런 짓을 벌인 겁니까? 이 사람이 그렇게 못 미더웠던 겁니까?"

마루에 올라간 포도대장이 세차게 방문을 열었다. 눈물바람이던 노마님의 얼굴에서 울음이 싹 가셨다. 경황이 없어서라고 짐작하면서도 이설은 노마님의 말투와 행동이 광대처럼 어설프다는 생각을 지울 수 없었다.

"저렇게 서럽게 우는 걸 보니 금슬이 좋았다는 노마님의 말이 아예 빈말은 아닌 모양이야."

"전 그게 더 이상해요. 진짜 슬프면 눈물조차 안 나온다는데, 그것도 체면을 목숨처럼 여기는 양반의 울음소리가 너무 크지 않아요?"

이설의 말에 순두 아저씨도 고개를 끄덕였다. 포도대장이 이설을 불렀다. 사체를 검시하라는 지시였다. 순두 아저씨한테 여러 차례 검시 순서를 들었는데도 머리가 하얘지는 기분이었다. 순두 아저씨가 들어가라며 이설의 등을 떠밀었다.

"문밖에 계셔 주시면 안 돼요?"

"언제는 큰소리 뻥뻥 치더니!"

"혼자 할 수 있는데, 혹시 놓치는 게 있을까 봐 그래요. 첫 검시인데 제대로 잘해 내고 싶다고요."

"알았다, 알았어."

이설이 방 안으로 들어서자 포도대장이 어깨를 들썩이며 우는 좌랑을 일으켜 세웠다. 이설은 방 안을 휘둘러보았다. 급하게 치운 티가 났다. 자수 보로 씌운 작은 좌탁 위에는 몇 권의 소설이 놓여 있었다. 이설은 좌탁 뒤 반쯤 열려 있는 반닫이 문을 보고 고개를 갸웃했다.

사람들이 지켜보는 가운데 하는 첫 검시였다. 이설은 숨을 깊이 들이마셨다. 사체를 덮은 홑이불을 벗겨 냈다. 눈물이 말라붙은 눈자위를 빼면 얼굴은 편안해 보였다.

"이 댁에 망자 말고 다른 며느님이 계신가요?"

이설이 그렇게 물은 것은 제발 채련이 아니기를 바라는 간절한 마음 때문이었다. 서른 아니라 마흔도 훨씬 넘어 보이는 좌랑의 모습도 그런 생각을 갖게 했다.

"아니오. 3년 전에 상처하고 새로 맞이한 부인이오."

좌랑의 말에 이설은 숨이 턱 막혔다.

'이분이 자영 아씨의 친구분인 거야? 내가 한발 늦은 거였어. 어제라도 왔어야 하는 건데!'

믿고 싶지 않아 이설은 입술을 깨물었다. 채련의 시체에 다가가는 이설의 손이 가늘게 떨렸다.

좌랑이 시신 쪽으로 잔뜩 고개를 뺐다. 포도대장의 눈을 의식했는지 좌랑이 울먹이며 말했다.

"장인 어른이 그리 되신 후 부인이 많이 힘들어하긴 했지만 집안 사람들, 특히 어머님께서 살뜰하게 챙겨 주셔서 마음을 잡은 줄 알았습니다."

"며늘아가가 사돈어른 때문에 많이 힘들어하긴 했다우. 얼른 포도대장 나리한테 며늘아가의 유서를 보여 주세요."

둘러서 있는 사람들 틈에서 발끝을 세우던 노마님이 한마디 거들었다. 좌랑이 조금 뒤에 유서를 보여 주겠다고 말했다.

"옷을 벗기고 상처를 봐야 하니 모두 나가 주셨으면 합니다."

이설이 굳은 목소리로 말하자 쭈뼛대며 포도대장과 종사관, 좌랑이 바깥으로 나갔다. 시어머니 되는 이와 행랑어멈이 나가지 않고 그대로 서 있었다. 채련의 마지막이 아니라 이설의 행동을 지켜보겠다는 심사 같아 껄끄러웠다. 이설은 사체를 아래위로 훑으면 바깥의 율관이 들리도록 크게 말했다.

"키는 사척 여덟치, 살빛은 검붉은 기운이 돌고 주먹은 꼭 쥐고 있으며 다리와 팔이 곧고, 오른쪽과 왼쪽 눈동자에 울혈이 있습니다. 아, 목에 삭흔이 있는데 이건 목을 맬 때 생긴 상처인 듯합니다. 노마님, 망자를 처음 발견한 곳이 어디입니까?"

"곳간이오. 우리 좌랑이 먼저 그 흉측한 장면을 발견했다오. 우리 집안에 이런 망측한 일이 벌어질 줄 누가 알았겠소?"

문틈으로 들리는 노마님의 목소리에는 짜증과 역정이 묻어났다. 조금 전까지 눈물바람이던 그 사람이 맞나 싶을 지경이었다.

"어머니, 그런 말씀 마세요. 지하에 있는 그 사람이 들으면 얼마나 섭섭하겠어요?"

좌랑도 바깥에서 목소리를 높였다. 이설의 눈에는 좌랑도 노마님도 속을 알 수 없는 사람처럼 여겨졌다.

이설은 그제 밤이나 늦게 잡아도 어제 새벽 오시쯤 사망한 것으로 추측했다. 채련은 하루 동안은 곳간에 버려져 있었거나, 아니면 방으로 옮겨졌을 것이다. 채련에게 무슨 일이 있었던 걸까? 등을 받치고 속저고리를 벗기자 이내 맨살이 드러났다. 이설이 신음 소리를 삼켰다. 자살을 결심한 사람이라면 속바지, 속저고리, 고쟁이까지 제대로 갖춰 입을 것 같은데 그러지 않아서였다. 자영의 말로는 채련이 서녀라는 걸 애써 숨기려 하지도 않았고 옷매무새에 꽤 신경을 썼다고 했다. 장옷으로 꽁꽁 싸매도 지나가는 사내들이 몇 번이나 뒤를 돌아다볼 만큼 어여뻤다는 말도 떠올랐다.

"순두 아저씨, 끓는 물과 파뿌리 좀 준비해 달라고 해 주세요. 마님, 혹시 한지와 술지게미, 감식초를 부탁드려도 될까요?"

"자진한 게 분명한데 뭘 그렇게 까다롭게 보는지, 원."

노마님이 행랑어멈에게 일을 시키는 사이 이설은 치마를 벗겼다. 무릎과 종아리 뒤쪽에 반점처럼 거뭇거뭇한 것이 보였다. 이설은 신음을 삼키며 조심스럽게 사체를 들어 뒤쪽을 살폈다.

등허리도 마찬가지였다. 매 자국이라고 하기엔 그 범위가 넓었다. 더구나 좌랑의 말이 맞다면 죽은 지 하루도 되지 않은 셈인데 여기저기 짓무른 살갗도 수상했다. 이설이 반점 같은 상흔을 찬찬히 살피는 것을 보고 노마님이 끼어들었다.

"행랑어멈 말이 며늘아기가 피부병이 심했다고 하네. 몸 곳곳이 꺼뭇꺼뭇하지 않은가?"

"그래요?"

이설은 신빙성이 없는 노마님의 말이라 건성으로 대답했다. 시신에 물을 뿌리고 행랑어멈이 가져온 파의 흰 부분을 으깨 명주 위에 넓게 펴 발랐다. 그 위에 감식초와 술지게미에 적신 종이를 덮었는데 특히 목 주위는 더 두껍게 했다. 한 시각쯤 뒤에 한지를 걷어 내면 감춰진 상흔이 드러날 것이다.

바깥으로 나온 이설은 순두 아저씨와 함께 안채 뒤 곳간으로 갔다. 사건 현장을 보고 싶었다. 나무 문을 열자 뒤에서 머뭇대던 햇빛이 어두컴컴한 곳간에 한꺼번에 밀려 들어갔다.

"끔찍할 텐데 꼭 봐야겠냐?"

"사체에서 찾을 수 없는 단서가 사건 현장에 남아 있을 거예요."

"그야 그렇지만."

이설은 곳간 바닥에 떨어져 있는 밧줄을 들었다. 밧줄의 골을 따라 서까래의 묵은 먼지가 달라붙어 있었다.

"아가씨 키가 나보다는 작은 것 같던데 받침대로 하기엔 너무 낮지 않아요?"

"그런 것도 같구나."

이설은 받침대 위에 올라섰다. 서까래 여기저기 밧줄에 쓸린 흔적이 있었다. 이설은 채련의 목 뒤에 난 자국을 떠올렸다. 분명 일자형이었다. 자살일 경우 일정한 힘이 목에 가해져 체중이 아래로 쏠리기 때문에 먼지에 쓸린 자국이 넓어 ㅅ자 흔적이 생기지만 타살일 경우에는 수평의 흔적을 남긴다고 했다.

'채련의 목에 있던 일자형 흔적은 뭐지?'

밖으로 나온 이설은 포도대장과 좌랑이 있는 사랑방 앞에 섰다.

"부장 나리, 혹시 저도 작은마님의 유서를 볼 수 있겠습니까?"

"글자를 알기나 하고 그러는지."

문이 열리자 좌랑이 문지방에 팔을 걸치며 퉁명스럽게 말했다.

"그럭저럭 읽기는 합니다."

"저 아이가 처음 검시에 나온 터라 의욕이 넘치나 봅니다. 특별히 비밀스러운 내용도 없다면 보여 주는 것도 괜찮지 않겠습니까?"

포도대장이 나서는 바람에 마지못해 좌랑이 유서가 든 봉투를 내밀었다. 이설은 유서를 빠르게 읽어 내려갔다. 아버지의 죽음이 자기 탓인 것 같아 죄송하다는 말, 시댁에 누가 되지 않았으면 좋겠다는 말, 남편인 좌랑의 앞날이 탄탄대로이기를 바란다는 내용이 적혀 있었다. 특별히 이설의 눈길을 끈 부분은 따뜻한 봄날이 오면 『숙영전』을 친정어머니에게 읽어 주고 싶다는 것이었다. 채련은 자신의 죽음을 예감하고 있었던 걸까?

좌랑에게 유서를 되돌려준 후 이설은 사체가 있는 방으로 들어갔다. 노마님도 행랑어멈도 보이지 않았다. 이설은 보따리에서 은수저를 꺼내 문고리에 끼웠다. 반쯤 열린 반닫이 문을 젖혔다. 누군가의 손을 탔는지 마구 엉켜진 옷가지들이 눈에 들어왔다. 무언가를 찾느라 뒤적거린 티가 분명했다. 반닫이 문을 처음처럼 닫고 이설은 좌탁 위에 놓은 책을 하나둘 뒤졌다. 채련이 소설 읽기 모임의 회원이라고 한 자영의 말 때문이었다. 세책점에서 빌려온 책이 아니라 모두 필사한 책이었다. 그중에서 이설은 유서에 적혀 있던 『숙영전』을 보따리 속에 챙겨 넣었다. 무릎걸음으로 문까지 간 이설은 가슴을 쓸어내린 후 은수저를 빼냈다.

"이설아, 시형도는 그리고 있냐?"

"네. 거의 다 끝나 가요."

잠시 측간에 다녀온 순두 아저씨가 방문을 흔들었다. 이설은 채련의 몸 위에 올려놓았던 한지를 걷어 냈다. 그리고 미지

근한 물로 적신 수건으로 한지를 놓았던 곳을 닦아 냈다. 서서히 푸르거나 붉거나 노랗거나 흰 상흔이 드러날 거라는 기대로 이설은 눈을 치켜떴다. 상흔의 색깔이 제각각이라는 건 매질의 시기가 다르다는 것을 의미했다. 그러나 사체의 상태는 한 시간 전이나 별반 다르지 않았다. 특별히 눈에 띄는 거라곤 다른 상처들과는 달리 목에 난 서로 다른 색깔을 띠는 두 줄의 상흔이었다.

'누군가 목을 조른 후 서까래에 매달았던 걸까?'

자살인데도 서까래의 먼지가 쓸린 흔적이 제법 컸다. 그건 죽기 전에 살려고 몸부림을 쳤다는 증거였다. 이설은 시형도의 앙면과 합면 모두에 상흔의 크기와 색깔을 찬찬히 적어 내려갔다.

"이것이 뭐냐? 제대로 그린 거냐?"

시형도를 보고 순두 아저씨가 기겁을 했다.

"그럼요. 있는 그대로 더하지도 덜하지도 않게 그렸어요. 그런데 상흔을 조작할 수도 있어요?"

"그게 무슨 소리냐?"

채련의 목에 난 두 줄의 액흔과 짓무른 듯한 몸의 상흔은 아무리 생각해도 이해가 되지 않았다.

"그런 일이 종종 있다는 말은 들었다만 좌랑 댁에서 그런 일까지 만들 이유가 뭐 있겠냐? 괜히 긁어 부스럼이지."

검시한 대로 그렸다는 이설의 말을 듣고서야 순두 아저씨는 사랑방으로 가자며 일어섰다.

"이 멍은 어찌 된 거냐?"

종사관 역시 이설이 내민 시형도를 보고 고개를 절레절레 흔들었다.

"노마님은 며느님이 피부병을 앓은 자국이라고 하시는데, 제 눈에 그리 보이지……."

이설은 안채 쪽을 보며 뒷말을 흐렸다.

다시 시형도를 내려다보는 포도대장의 심상치 않는 모습에 순두 아저씨가 나섰다.

"저 아이가 그리 봤다면 맞을 것입니다. 저보다 눈이 밝습니다."

"그래도 혹시 놓친 것이 있는지 다시 한번 살펴보도록 하게. 누구든 억울한 일이 없게 하는 게 『증수무원록』의 뜻 아니겠나?"

『증수무원록』의 뜻까지 풀어주는 포도대장의 말을 되새겨 보면 아직은 이설을 믿지 못한다는 것이었다. 포도대장은 순두 아저씨에게 의혹이 생기지 않게 하겠다는 다짐을 받고서야 시형도를 세 부 작성하라는 분부를 내렸다.

시형도는 세 부를 작성해 피해자의 가족과 포도청, 그리고 임금에게 보내도록 되어 있었다. 이설은 끝까지 자신을 믿어 준 순두 아저씨가 고맙고 든든했다.

이설은 다음 날 자영을 찾아갔다. 순두 아저씨한테 들은 사실을 혼자 감당하기 힘들었다. 무엇보다 채련이 죽었다는 말도 전해야 했다.

순두 아저씨와 이설은 사체에 나타난 의문점을 몇 차례 말했지만 종사관한테는 씨알도 먹히지 않았다. 겨우 아낙네 하나 죽은 걸 가지고 분란을 만들고 싶지 않은 눈치였다. 종사관은 얼굴만 번지르르하지 일에서는 순두 아저씨보다 판단력이 떨어졌다. 진즉부터 별 기대를 하지 않았지만 채련의 일도 역시나 좌랑을 감싸고 돌았다. 이설은 포도대장을 만나려고 했지만 그것조차 여의치 않았다.

그렇다고 마냥 시간만 죽이고 있을 순 없었다. 자영이라면 친구의 죽음을 나 몰라라 하지 않을 거라는 확신이 이설을 움직이게 했다.

자영은 채련이 죽었다는 말에 믿지 못하겠다는 말만 되풀이했다. 소맷부리가 다 젖도록 울고 나서야 미리 신경을 쓰지 못한 자신을 자책했다. 이설은 채련이 남긴『숙영전』을 꺼냈다. 종사관에게 주면 포도대장에게 전해질 것 같지 않아 가져왔다는 말을 덧붙였다. 자영은『숙영전』을 몇 장 들춰보고는 다시 울음을 터뜨렸다.

"갯버들나무 껍질을 상처 부위에 덮어 두면 상흔의 안쪽이 짓물러지면서 검은색으로 바뀌게 된답니다. 그렇게 하면 구타 흔적을 위조할 수 있다고 하네요. 제 눈에도 죽은 지 하루밖에 안 된 시신치고는 수상한 구석이 한두 군데가 아니었어요."

이설은 검시 과정에서 이상했던 점을 이야기하며 순두 아저씨의 말도 그대로 전했다.

"너도 오작사령도 이 일이 자살 사건이 아니라고 확신한다는 거지?"

"곳곳에 내용과 상관없는 이름과 숫자가 적혀 있는 걸 보고 확신했어요."

연신 눈물을 찍어 내는 자영을 이설은 착잡한 심정으로 지켜보았다. 한참 뒤에야 이설은 슬퍼하는 것으로는 채련의 억울함을 풀어줄 수 없다고 단호하게 말했다.

"오라버니라면 채련의 오라버니와 연락이 될 거야. 가만있다가는 채련이 목숨을 잃으면서 알리려고 했던 게 다 수포로 돌아갈지도 몰라."

자영은 피해자인 채련의 집안에서 고발해야 형조든 한성부든 재검에 들어갈 수 있다고 했다. 자영이 서둘러 장옷을 챙겨 들었다.

"고마워. 네 덕분에 동무의 억울함을 풀어줄 수 있게 됐어."

육조거리 앞에 와서야 자영은 새삼스럽게 고맙다는 말을 했다.

"누구도 억울한 일이 없도록 하는 게 제 일인 걸요."

*

며칠째 이설은 퉁퉁 부어 있었다. 어제는 주막에 들렀지만,
자영에게 아무 소식도 오지 않았다는 말만 들었다. 몇 십 년이
지나도 진범을 못 잡은 사건이 있다는 순두 아저씨의 말도 위로
가 안 됐다. 열불이 나 잠도 오지 않았다.

"뭐 속 터지는 일 있냐?"

다모간을 들어서며 순두 아저씨가 놀렸다. 불퉁거리는 마음
에 이설은 인사할 생각도 들지 않았다.

"이 소식 들으면 아마 너도……."

"무슨 얘기 들으신 게 있는 거예요?"

순두 아저씨가 할 듯 말 듯 입만 오물거리자 이설의 눈이 점
점 커졌다.

"호조좌랑, 그 아비와 어미까지 모두 의금부에 잡혀갔다는구
나. 죽은 처자의 집안에서 재수사를 요청했고, 내일은 의금부에
서 복검을 한다는구나. 잘됐지 뭐냐?"

"벌써 매장했을 텐데요."

기다리던 소식인데도 이설은 별로 기쁜 기색이 아니었다.

"묻힌 지 오래되지 않았으니 큰 지장은 없을 거다. 네가 상
흔 조작에 대해서도 얘기했다면서? 그것도 복검에 다 참고할
거다."

"다 아저씨 덕분이죠. 도대체 그 사람들은 왜 채련 아씨를 죽였대요?"

이설이 정색해서 물었다.

"채련이라는 분이 좌랑 부자가 그간 해 왔던 치부를 알았던 모양이야. 말이 새나가지 않게 하려고 자살로 위장했다는구나. 그 책에 뇌물 상납 내용이 있는 건 어찌 알았나 그건 나도 좀 궁금한데."

"자영 아씨가 들려준 말과 채련 아씨의 유서에 단서가 있었어요."

"무슨 단서? 알아듣기 쉽게 얘기해 봐라."

순두 아저씨가 눈을 동그랗게 치떴다. 이설은 자영과 채련이 책읽기 모임을 했다는 말과 채련의 유서에 『숙영전』이 적혀 있었다고 했다. 순두 아저씨가 작은 것도 놓치지 않은 세심함이 사건을 해결한 거라며 이설을 대견해했다.

"세상엔 죽어도 좋은 목숨이란 없는 거다, 천하든 귀하든 억울한 사람이 없어야 한다고 하셨잖아요?"

"그랬지, 그게 우리 같은 사람이 지켜야 할 평생의 신념이기도 하지. 어서 가자, 포도대장 나리가 널 데리고 오라신다."

"왜요?"

포도대장이라는 말에 이설의 몸이 바짝 굳었다. 자영을 몰래 만난 걸 혼내려고 그러나, 머릿속이 홧홧했다.

"왜겠냐? 검시하러 가야 하니까 그렇지. 무슨 상이라도 기대한 거냐?"

"그런 말을 왜 이제 하는 거예요. 빨리 가요."

응용법물 보자기를 가져오겠다며 호들갑을 떨던 이설도, 흐뭇하게 웃던 순두 아저씨도 마당을 들어서는 희옥을 보자 머쓱해졌다. 두 사람을 번갈아 보고는 희옥이 무슨 작당인지 빨리 불라며 앙알거렸다.

"이제 겨우 딱지 뗀 아이를 현장마다 데리고 다니라니……."

순두 아저씨가 웃음을 삼키며 이설에게 한쪽 눈을 찡긋거렸다. 멀리 타종 소리가 아침 공기를 가르며 울려 퍼졌다.

　〈다모〉라는 드라마가 한창 인기를 끈 적이 있다. 조선 사회는 신분적 차별뿐만 아니라 남녀 구분이 엄격했다. 살인, 강간, 강도 같은 여성 관련 범죄가 발생하면 알몸을 보이거나 사체 부검을 해야 할 경우가 생기는데, 남성에게 맡길 수 없으니 당연히 누군가 필요했을 것이다. 조선 전기에는 의녀들이, 그후로는 다모들이 그 역할을 했다. 고종31년(1894) 갑오경장과 함께 한성부에 경무청이 설치되면서 포도청이라는 명칭과 함께 다모 제도도 역사 속으로 사라졌다.

　〈다모〉 이후, 드라마 〈조선과학수사대 별순검〉에서 다시 만난 다모는 의·과학 지식까지 두루 갖춘 전문가였다. 요즘의 경찰청 수사과의 여형사, 과학수사대의 부검의와 비슷하다고나

할까.

그런데 최첨단 과학 수사 기법과 비교해도 전혀 손색이 없는 당시의 수사 기법에 관련된 기록과 포도청, 의정부, 형조 같은 사법 관련 기관에서 이런 수사 기법을 실제 사건에 적용한 사례는 상당히 많았지만 다모가 등장하는 기록은 거의 없었다. 여성이고 더구나 출신이 미천한 다모의 이야기이니 당연히 남아 있을 리 없을 거라는 걸 알면서도 씁쓸했다.

의약과 일반 서민의 치료 및 질병 관리를 맡아 보던 관청이었던 혜민서(요즘의 보건복지부, 국립중앙의료원, 질병관리청의 기능을 합친 곳이라 할 만하다)에서는 각 관청에서 허드렛일을 하는 공노비 중 13세 전후의 여자아이들을 뽑아 침술 등 의학과 이를 익히기 위한 기본 교육을 했다. 매달 시험을 쳐서 우수한 성적으로 통과하면 왕이나 왕비를 치료하거나 남성 의원을 보조하는 의녀가 되었다.

그러나 이 시험에서 세 번 이상 낙제하면 혜민서의 다모가 되었는데, '차를 끓여 대령하는 계집종'이라는 의미가 담긴 명칭은 여기에서 생겼다.

처음에는 관청의 필요에 의해 범죄 수사에 차출되기도 했던 다모는 조선 중기로 넘어가면서 여성 범죄에 관련된 수색, 수사, 검안 일을 도맡아 하게 되었다. 의금부, 포도청 등 중앙 관서뿐만 아니라 점차 지방 관아에까지 차출되기도 했고 한때 정조의 특수부대인 장용영에 정식 발령을 받은 것을 보면 일시적으로 남성들의 업무를 대신하는 위치는 아니었던 게 확실하다. 실제로 정여립의 난 때 정탐 업무를 수행하기도 했고 여자 도둑을 검거하거나 살인 사건의 피해자가 여자일 경우 사체를 검안하는 일을 했다는 기록도 남아 있다.

다모는 비록 출신은 미천했으나 일정한 교육 과정을 통해 정정당당하게 녹봉을 받는 전문직 여성이었다. 당연히 남성 포졸과 똑같이 수색, 포박, 염탐 등의 역할을 수행할 만한 정신적 육체적인 강건함을 갖고 있었다.

또 시체 검안을 위한 다양한 의학 지식과 살인 사건의 원인을 밝힐 응용법물을 제대로 사용할 수 있을 만큼의 약학 지식도 갖추고 있었다.

이런 면에서 다모는 승진과 녹봉이 보장된 조선 시대 여관이었던 궁녀에 비해 훨씬 더 전문직 여성이었음에 틀림없다.

감영에서 여종과 머슴들이 당하는 억울하고 부당한 대우를 보고 자란 이설이 의녀가 아닌 다모를 선택한 것은 당연했다. 처음부터 방학기의 만화와 드라마에 나오는 채옥처럼 영웅적인 이설이 아니라 감춰진 부분까지 놓치지 않고 세밀하게 살펴 누구 하나 억울하지 않게 하라는 『증수무원록』의 의미에 충실한 이설로 그리고 싶었다. 이설이 그런 모습을 훨씬 좋아했을 것 같다는 생각에서다.

이 소설에 나오는 발목 잘린 아이 이야기는 조선 중종 때 용산강 근처에서 있었던 여섯 살 개춘 사건에서 가져왔음을 밝혀 둔다.

정명섭

1973년 서울에서 태어났다. 대기업 샐러리맨을 거쳐서 커피를 만드는 바리스타로 일했다. 파주 출판도시에서 일하던 중 소설을 발표하면서 본격적인 작가의 길을 걷게 되었다. 추리소설과 역사소설, 좀비, 역사 인문서, 청소년 소설과 동화 등 다양한 장르의 글을 쓰고 있다. 2013년 제1회 직지소설문학상 최우수상을 수상했으며, 2016년 부산 국제 영화제 NEW 크리에이터 상을 수상했다. 2019년 『미스 손탁』이 원주 한 도시 한 책 도서로 선정되었으며, 『무덤 속의 죽음』으로 2020년 한국추리문학 대상을 수상했다. 그 외 『남산골 두 기자』, 『사라진 조우관』, 『어린 만세꾼』, 『우리 반 홍범도』, 『추락』, 『온달 장군 살인 사건』 등의 대표작이 있으며 공저 『전사가 된 소녀들』, 『격리된 아이』 등이 있다.

책 읽어 주는 상희

해시계가 있는 한양의 혜정교 앞은 열흘에 한 번씩 사람들로 붐볐다. 한양 최고의 전기수 어판수를 보기 위해서였다. 상희는 구름처럼 몰려든 사람들 사이를 헤집고 맨 앞으로 나갔다. 작은 갓을 쓴 회색 수염의 어판수를 좀 더 가까이에서 보고 싶어서였다. 어판수는 움직이기 편하도록 하늘색 중치막 앞자락을 뒤춤에 넣고 있었다. 중치막의 뒷덜미에 꽂은 곰방대가 마치 뿔처럼 보였다. 한 손에는 책을, 다른 한 손에는 부채를 든 어판수가 한쪽 눈을 찡그린 채 사람들을 바라보았다. 꼭 다문 입술을 삐죽 내밀고 있어서 마치 심술을 부리는 노인 같았다.

"와! 다행이다. 막 시작되려고 하나 봐."

상희는 함께 온 수돌에게 신이 나서 떠들었다. 수돌은 심드렁

한 표정으로 물었다.

"다 끝난 거 아니야? 입을 꼭 다물고 있잖아."

상희는 어판수의 발 앞에 엽전 몇 닢이 떨어져 있는 걸 보고는 고개를 저었다.

"아니야. 아직 끝나지 않았어."

"그걸 어떻게 아는데?"

수돌의 물음에 상희는 바닥에 떨어진 엽전을 가리켰다.

"저기 돈이 있잖아. 분명이 요전법을 하는 중일 거야."

"요전법? 돈을 흔든다는 뜻이야?"

"맞아. 이야기를 하다가 중간에 저렇게 입을 다무는 거지. 그럼 뒷얘기가 궁금한 사람들이 주머니를 열어서 돈을 내는 거야. 그게 어느 정도 쌓이면 얘기를 다시 시작할 거야. 특히 저 사람은 인기가 좋아서 매번 오는 시간에 맞춰서 찾아오는 사람들이 많아. 돈도 많이 벌어."

상희의 설명을 들은 수돌이 고개를 갸웃거렸다.

"책 내용이 같으니까 똑같은 거 아니야?"

"똑같긴! 매번 살짝 다르게 얘기해 준다니까."

"그게 그거 아니야?"

수돌의 물음에 상희가 강하게 고개를 저었다. 그때 뒤쪽에서 장죽을 물고 서 있던 양반이 요란한 헛기침을 하며 엽전을 던졌다. 곁눈질로 바닥에 쌓인 엽전의 숫자를 센 어판수가 자세를 고쳐 잡았다. 그걸 본 상희가 말했다.

"이제 시작할 거야. 잘 들어 봐."

그러면서 덧붙였다.

"중요한 대목이 되면 일단 크게 한숨을 쉬어."

상희의 말대로 어판수가 크게 숨을 내쉬었다. 수돌의 눈이 동그래졌다.

"진짜네."

상희가 으쓱한 표정으로 어판수를 보면서 말을 이어 갔다.

"그다음에는 찡그렸던 눈을 크게 뜰 거야. 그때가 바로 이야기가 폭발하는 때지."

상희의 얘기를 들은 수돌이 어판수를 바라봤다. 어느 틈엔가 찡그리고 있던 한쪽 눈을 온전히 뜬 상태였다. 나이가 들었지만 장난기 가득해 보이는 눈동자는 어린아이의 눈과 닮았다. 그렇게 바라보는 와중에 상희의 목소리가 들렸다.

"그리고 왼손에 든 부채를 촤르륵 접어 버리지."

어판수가 부채를 요란하게 접자 사람들의 박수 소리가 들렸다. 수돌이 돌아보자 눈을 감고 있던 상희가 웃으며 말했다.

"이제 이야기가 시작될 거야, 한양 최고의 전기수가 들려주는 『임경업전』 말이야. 아! 그전에."

상희가 어판수를 바라보면서 말했다.

"헛기침을 크게 두세 번 할 거야. 아마 오늘은 크게 두 번, 그리고 작게 한 번일 거야."

상희의 말이 끝나자마자 놀란 수돌이 바라보는데 부채를 접은 어판수가 크게 두 번 연달아 기침을 했다. 그리고 책을 들여다봤다. 수돌이 씩 웃으며 상희를 바라봤다.

"틀렸네."

그때 어판수가 책을 들여다보던 고개를 돌려 작게 기침을 했다. 어이없다는 표정으로 수돌이 바라보자 상희가 빙그레 웃었다.

"이제 시작이야."

의주부윤 경업이 도적이 다시 올 줄 알고 염초, 화살, 칼과 창을 준비해서 병사들을 열심히 훈련시키니 군사들이 하나같이 용맹하고 전선을 준비하여 수전을 익히더라!

얘기를 듣던 상희가 수돌에게 슬쩍 말했다.

"목소리가 점점 올라가는 게 보이지? 호적이 쳐들어오기 전에 긴장감을 높이기 위해서 그런 거야."

상희의 얘기대로 어판수의 목소리가 점점 높아졌다.

이때, 호왕이 영아대와 여덟 장수들에게 3만의 대군을 맡겨서 다시 조선을 치라 하니! 팔장이 호왕의 명령을 받고 즉시 압록강을 건너서 조선으로 쳐들어오려 했더라!

　구경꾼들 사이에서 탄식이 흘러나왔다. 병자년에 쳐들어온 청나라 군에 대한 기억 때문이었다. 몇 명은 화난 표정으로 주먹을 불끈 쥐기도 했다. 수돌 역시 아버지에게 들은 얘기 때문에 저도 모르게 중얼거렸다.
　"나쁜 호적 놈들 같으니."
　그러자 상희가 조용히 하라는 듯 손가락을 입에 갖다 댔다.
　"지금부터가 진짜 재미있어. 그러니까 조용히 해."

　그 소식을 들은 의주부윤 경업이 즉시 백마를 타고 병사들을 이끌고 압록강으로 달려가니, 호왕의 군대가 압록강을 막 건너고 있는 중이었네. 부윤이 급히 명을 내려 전선을 내보내서 대포와 화살을 쏘아 대니, 물속으로 거꾸러지는 놈, 화살에 맞고 어머니를 찾다가 벌렁 넘어지는 놈, 부처님에게 살려 달라고 빌다가 우리 군사에게 칼 맞는 놈! 이리저리 죽는 놈들이 태반이더라. 그 광경을 보고 있던 의주부윤 경업이 백마를 타고 적진으로 쳐들어가서 적장의 목을 베니, 죽은 적장의 목이 데구르르 굴러서 물속으로 퐁당 하고 빠져 버렸네.

　어판수가 일부러 '퐁당'이라는 단어를 한 글자씩 떼어서 얘기

하는 바람에 구경꾼들이 크게 웃었다. 엿장수가 챙강챙강 가위 소리를 내면서 분위기를 돋웠다.

적장이 죽자 호왕의 병사들이 크게 두려워하면서 도망치니, 의주부윤 경업이 급히 군사들을 몰아서 뒤를 쫓았네. 그러자 적진이 크게 부서지고, 사방에 죽는 놈들 천지였더라. 적진을 일시에 분살하고, 거둔 수급이 천, 이천, 삼천, 사천, 오천, 무려 오천이나 되었네그려.

어판수가 부채를 쥔 손가락을 하나씩 펴면서 숫자를 셌다. 손가락 다섯 개를 다 펴자 부채가 힘없이 바닥에 떨어졌다. 그걸 본 구경꾼들은 마치 청나라 병사들의 목이라도 떨어진 듯 통쾌해하는 표정을 지었다. 상희 역시 감탄스럽다는 표정으로 말했다.

"어떻게 저런 표정으로 말을 할 수 있을까?"

상희의 말에 수돌이 말했다.

"너도 잘하잖아."

"비교할 걸 해라. 나는 아직 멀었어."

어판수의 얘기가 이어졌다.

적진을 크게 부순 의주부윤 경업이 의기양양하게 개선하여 조정에 이 사실을 보고하니, 임금께서는 북방의 근심이 사라졌다며 편안하게 조식을 드시고, 백성들은 태평가를 부르며 행복해하였다네. 한편! 영아대로부터 패전의 소식을 들은 호왕은 크게 분개해서 다시 대병을 몰아 조선을 치려고 하였다.

어판수의 비장한 목소리와 더불어서 청나라가 다시 조선을 쳐들어올 것이라는 얘기에 구경꾼들이 조용해졌다. 검정색 너울을 쓴 채 이야기에 귀 기울이던 양반댁 부녀자가 혀를 차며 '저런' 하고 안타까워하는 소리만 들릴 뿐이었다.

하지만 백마산성에 있는 의주부윤 경업을 이길 수 없다는 사실을 알고 있던 호왕은 용골대에게 5만의 병력을 주어서 공격하되, 의주로 가지 않고 동해로 빙 돌아서 위원과 벽동을 거쳐 낮에는 숨고, 밤에만 행군하며 비겁하게 한양으로 몰래, 아주 몰래 내려와 버렸네.

'몰래'라는 말을 반복한 어판수가 분하다는 표정을 지으며 발을 동동 굴렀다. 그러자 구경꾼들도 따라서 탄식을 내뱉거나 짜증을 냈다. 상희도 여러 번 얘기를 들었음에도 불구하고 분위기에 휩쓸려서 중얼거렸다.
"아니, 다른 장수들은 뭐하고 있었던 거야?"

상희의 얘기를 듣기라도 한 것처럼 어판수의 얘기가 이어졌다.

호병들이 한양의 동문으로 들어와 백성들을 닥치는 대로 죽이고, 노략질을 하는 가운데, 도원수 김자점은 코빼기도 보이지 않고 있네그려. 적의 한 무리는 남한산성으로 몽진을 떠난 임금을 쫓고, 다른 한 무리는 강화도로 피난을 간 왕세자와 비빈들을 쫓아갔더라.

이야기가 점점 어두운 방향으로 흘러가자 구경꾼들의 표정도 따라서 어두워졌다. 상희는 수돌이까지 말이 없어지자 어판수를 바라보며 놀라워했다.

"이야기를 들려주는 것만으로도 사람들의 마음을 쥐었다 폈다 하는구나."

강화도를 지키는 장수는 좋은 무기는 창고에 처박아 두고 술만 마시고 누워 있으니 호병들이 무엇을 두려워했으리오. 불시에 바다를 건너 강화도로 쳐들어가서 왕세자와 비빈들을 단숨에 사로잡고 말았네. 그리고 그들을 앞세워서 송파벌에 진을 치고 외치기를……

하늘을 보고 잠시 숨을 가다듬은 어판수가 주먹을 불끈 쥐고 외쳤다.

"속히 항복하지 않으면 왕세자와 비빈들이 무사치 못할 것이다!"라고 하니, 남한산성에서 이를 들은 임금께서는 비통한 눈물을 흘리시고, 대신들은 모두 비분강개하였네. 하지만 도원수 김자점은 적을 물리칠 생각은 하지 않고 꽁무니를 빼버렸네그려. 군량까지 바닥을 드러내니 결국 임금께서 하늘을 보고 통곡하시기를 성안의 양식이 모두 떨어지고, 밖에는 흉한 적들이 둘러싸고 있으니, 이는 하늘이 과인을 버린 것이리라.

목청껏 외친 어판수가 고개를 숙인 채 땅이 꺼져라 한숨을 쉬었다. 그러자 아까부터 눈물을 글썽거리던 여리꾼들이 훌쩍거리며 소매로 눈물을 훔쳤다. 그 이후로도 어판수의 이야기가 이어졌다. 의주부윤 임경업이 퇴각하는 적들을 공격하려다가 세자가 인질로 잡힌 것을 보고 포기했다는 것과 그가 명나라와 내통했다는 이유로 청나라에 압송된 것, 하지만 그의 당당함에 감명받은 호왕이 귀국시켜 준다는 내용으로 이어졌다. 그리고 귀국한 임경업 장군이 그를 질투하던 간신 김자점의 손에 죽음을 맞이하는 것으로 마무리되었다. 임경업 장군이 감옥에서 처참하게 죽음을 맞이하는 부분에서는 구경꾼들이 하나같이 눈물을 글썽거리며 고개를 숙였다. 어판수가 책을 덮으면서 이야기를 끝마치겠다고 하자 그제야 모두 참았던 한숨을 몰아쉬었다. 그걸 보던 상희가 중얼거렸다.

"발을 한 번 살짝 구르고 책을 옆구리에 낄 거야."

어판수가 한쪽 발을 살짝 떼었다가 붙인 후에 책을 옆구리에 끼었다. 그리고 옆에 놔둔 대나무 물통의 마개를 열고 물을 벌컥벌컥 마셨다. 구경꾼들이 박수를 쳤고, 아까부터 울던 여리꾼들이 엽전을 하나씩 던지고 자리를 떴다. 엿장수 아저씨는 잘들었다면서 엿 두 가락을 주고 물러났다. 구경꾼들이 모두 흩어진 후에도 상희는 자리를 뜨지 않았다. 물을 마시고 손등으로 입가를 훔친 어판수가 그런 상희를 보면서 웃었다.

"상희 왔구나. 수돌이도 왔고."

"오늘 얘기도 잘 들었어요, 아저씨."

상희의 대답을 들은 어판수가 아까 엿장수가 건넨 엿을 뚝 잘라서 건넸다.

"하나씩 먹어라."

"고맙습니다."

건네받은 엿을 입안 가득 문 상희가 어판수에게 말했다.

"저도 아저씨처럼 책을 읽어 주는 전기수가 되고 싶어요."

상희의 얘기를 들은 어판수가 얼굴을 찡그렸다.

"아이고, 아직도 포기를 못 했니? 아서라, 안 된다니까."

"왜요? 저도 이야기 들려주는 거 좋아해요. 안 그래?"

상희가 불쑥 수돌에게 물었다. 입안에 엿을 넣고 입가에 묻은 콩가루를 손가락으로 닦아 쪽쪽 빨던 수돌이 엉겁결에 고개를 끄덕거렸다. 그러자 상희가 의기양양하게 말했다.

"수돌이가 저만큼 재밌게 이야기를 잘하는 아이가 없다고 했어요."

상희가 바라보자 수돌은 이번에도 힘차게 고개를 끄덕거렸다. 그런 두 아이를 어판수는 어이없다는 듯 보았다.

"세상 사람들이 얘기를 좋아한다고는 하지만 여자에게 들을 생각을 하지는 않는단다."

"왜요? 저도 목소리 좋다고요!"

"물론 잘 알지. 네 아버지가 바로 한양 최고의 전기수였던 과농이었잖느냐."

어판수의 말에 상희의 눈빛이 반짝거렸다.

"그러니까요. 저도 아버지처럼 유명한 전기수가 될 거란 말이에요."

상희의 대답을 들은 어판수가 난감한 표정을 지으며 뒷덜미에 꽂혀 있던 곰방대를 뽑았다. 그러자 상희가 소매를 붙잡았다.

"전기수가 될 거예요. 그러니까 도와주세요."

"아이고, 이런 고집쟁이를 봤나. 여자는 전기수가 될 수 없다고."

어판수가 목청을 높이자 지나가던 사람들 몇 명이 발걸음을 멈췄다. 재빨리 웃음을 지으며 그들과 눈을 맞춘 어판수는 상희를 다시 바라봤다.

"아무도 여자가 하는 책 얘기를 듣고 싶어 하지 않아. 올해 몇 살이니?"

"열네 살이요."

상희의 대답에 어판수가 무릎을 치며 말했다.

"얌전히 지내다가 시집이나 가거라."

"과부집 딸을 누가 데려간다고요!"

상희가 소리치자 어판수가 답답한 표정으로 곰방대를 입에 물었다. 그리고 담배쌈지의 주둥이를 열어서 담배 가루를 꺼내 대통에다가 꾹꾹 눌러 담았다. 하지만 상희가 당장이라도 울 것 같은 표정을 짓자 다시 곰방대를 손에 쥔 채 말했다.

"모레 말이다. 백사실 계곡에서 시회가 열린다. 그게 뭔지는 알지?"

"선비들이 모여서 시를 짓고 노는 거요."

"맞아. 백사실 계곡은 창의문 바로 바깥이고 풍경이 수려한 곳이라 시회가 종종 열리지. 특히 계곡 안쪽으로 들어가면 넓은 호수와 육각정이 있단다."

"거기에서 시회가 열리나요?"

상희의 물음에 어판수가 고개를 끄덕거렸다.

"그래, 성균관의 유생들부터 한양의 내로라하는 선비들이 참여할 거다. 거기에 초대를 받아서 갈 예정이다. 선비들이 글을 다 쓰고 난 후 풍류를 즐기면서 내 얘기를 들으려고 하는 것이지. 그런데 말이다."

마른침을 삼킨 어판수가 허리를 펴면서 말했다.

"거기에 기생들과 말구종들, 아랫것들도 같이 따라온다. 그 앞에서 책을 읽어 줄 수 있겠니?"

"정말이요?"

상희가 눈빛을 반짝거리며 묻자 어판수가 곰방대의 물부리를 물면서 고개를 끄덕거렸다.

"네가 책을 좋아하고, 영리하다는 건 인정하마. 하지만 사람들 앞에서 얘기를 들려주는 건 전혀 다른 일이다."

"할 수 있어요."

"그때 와서 증명해 봐라. 만약 호응이 좋으면 내가 직접 가르쳐주마. 대신 사람들 반응이 안 좋거나 재미없다고 하면 더 이상 날 귀찮게 하지 말아야 한다. 알았지?"

어판수의 말에 상희가 크게 고개를 끄덕였다.

"네!"

"그래, 그럼 내일 보자. 해가 중천에 뜰 때쯤 오너라. 시회는 오후에 열릴 거니까."

뒤춤에 꽂은 중치막 자락을 편 어판수가 부채와 책을 챙겨들고 자리를 떴다. 그런 어판수의 뒷모습을 바라보는 상희에게 수돌이 물었다.

"정말 갈 거야?"

"그럼, 전기수로 거둬 주신다잖아."

"그냥이 아니라 호응이 좋아야 한다고 했잖아. 사람들은 재미가 없거나 말이 끊기면 그냥 돌아서거나 화를 내. 지난번에 보신각 앞에서 봤던 젊은 전기수 기억 안 나?"

"안 나긴, 책을 읽다가 슬픈 장면이 나와서 훌쩍거리고 우니까, 구경꾼 중에 한 명이 울려면 집에 가서 울라고 해서 진짜 울면서 집에 갔잖아."

"맞아. 너한테도 그러지 말라는 법 없어. 특히 계집아이라고 더 놀리겠지."

수돌의 말에 상희가 발끈했다.

"이야기에 남자 여자가 어디 있어. 재미있으면 그만이지. 나는 꼭 전기수가 될 거야!"

"왜 전기수가 되어야 한다는 거야? 베를 짜거나 바느질을 해도 되잖아."

"나는 사람들이랑 같이 어울려 내 얘기를 들려주고 싶어. 베틀 앞에 앉아서 하루 종일 벽만 보고 일하고 싶지 않다고."

상희의 얘기를 들은 수돌이 고개를 절레절레 저었다.

"고집하고는, 알겠으니까 모레 같이 가자."

수돌의 말에 상희의 표정이 밝아졌다.

"겁 안 나?"

수돌의 물음에 상희가 고개를 저었다.

"겁날 게 뭐 있어. 사람들에게 얘기를 들려주는 것뿐인데."

"부끄럽지도 않고?"

"전기수는 사람들 앞에서 책을 읽어 주는 사람인데 그걸 창피해하면 어떡해?"

"여자 전기수는 없었어. 아까 판수 아저씨도 얘기했잖아."

"왜 여자는 안 된다는 거야?"

상희의 말에 수돌은 사람들이 구름처럼 몰려다닌다고 해서 운종가라는 이름이 붙은 종로를 바라보면서 말했다.

"하긴, 여자가 하지 말라는 법은 없지. 못 봐서 그런 것뿐일지도 모르지."

한양의 길거리에 서서 사람들에게 책을 읽어 주는 전기수는 한둘이 아니었다. 한글로 된 방각본들이 넘쳐나고 그런 책들을 빌려주는 세책점이 한양 여기저기에 생겼다. 하지만 대다수의 사람들은 글을 몰라서 책을 읽지 못했다. 설사 책을 읽을 수 있다고 해도 워낙 고가품이었다. 덕분에 길거리에서 재미난 이야기를 구수한 목소리로 들려주는 전기수의 인기는 하늘 높이 치솟았다. 그들이 들려주는 이야기는 하루 종일 힘든 일을 하다가 간신히 끼니만 때우고 잠을 자는 일상을 반복해야 하는 사람들에게 잠시나마 현실을 잊게 했다. 그래서 사람들은 이야기에 열광했고, 전기수들은 많은 인기를 끌었다. 전기수들은 하루씩 자리를 옮겨 가면서 얘기를 들려줬는데 주로 운종가의 이 끝에서 저 끝으로 움직였다. 다리나 연초전같이 사람들이 많이 오가는 곳을 이용했는데 이야기가 한창 재미난 부분으로 흘러가면 사람들이 구름처럼 몰려들었다. 실력이 좋아서 인기가 많은 전기수들은 많은 돈을 벌었다. 길거리뿐만 아니라 양반들의 시회나 잔칫집에 가서 돈을 받고 이야기를 들려줄 때가 많았기 때문이다. 아까 혜정교에서 만난 어판수만 해도 책을 읽어 주는 것만으로도 한양에 기와집을 한 채 샀다는 소문이 돌 지경이었다. 워낙 말을 잘하고 감정을 실어서 책을 읽어 줬기 때문이다. 덕분에 큰 인기를 끌었고, 어판수는 돈을 쓸어 모으다시피 했다. 반면, 인기가 없는 전기수는 그야말로 굶어죽을 각오를 해야만 했다. 수돌은 그게 걱정되었던 것이다. 가뜩이나 아버지가 없어서 홀로 어머니를 모셔야 하는 상희의 형편도 걱정되었다. 조신하게 지내야 시집을 갈 수 있는데 전기수를 한다고 바깥으로 돌아다니면 안 좋은 소문이 날 수도 있기 때문이었다. 하지만 어린 시절 오이무름을 좋아해서 과농이라는 별명으로 불렸던 아버지의 무릎에 앉아서 얘기를 들으며 자랐던 상희는 전기수라는 꿈을 포기하지 않았다. 생각에 잠겨 있던 수돌에게 상희가 말했다.

"나 연습하는 거 도와줄래?"

그게 무슨 뜻인지 대번에 알아차린 수돌이 물었다.

"네 얘기를 들어달라고?"

"응."

"알았어. 어디에서?"

상희가 손으로 육조거리와 운종가가 만나는 곳에 있는 언덕을 가리켰다.

"저기, 황토현에서. 높은 데서 해 보고 싶어."

"좋아."

둘은 앞서거니 뒤서거니 황토현으로 뛰어갔다. 수십 척 높이의 언덕인 황토현은 오가는 사람들이 많은 탓에 누런 흙이 드러났다. 그래서 황토마루나 황토현으로 불렸다. 두 아이가 도착했을 무렵에도 장사꾼들을 비롯해서 오가는 행인들이 제법 있었다. 언덕 꼭대기 구석에 자리 잡은 수돌이 바닥에 앉아서 상희를 바라봤다. 목청을 가다듬은 상희가 소매에서 책을 하나 꺼냈다. 제목을 본 수돌이 말했다.

"『은애전』이네. 나 그거 좋아하는데."

"나도 좋아하는 이야기야. 그럼 시작할까?"

수돌이 고개를 끄덕이자 상희가 목청을 가다듬고는 책을 펼쳤다.

전라도 강진현에 김씨 성을 가진 은애라는 규수가 살고 있었지. 삼강오륜을 읽으며 몸가짐을 단정히 하고, 어머니를 도와 베를 짜고 바느질을 하니 참한 규수로 인근에 정평이 나 있었다네.

쬐끄만 몸집을 가진 상희가 낭랑한 목소리로 책을 읽어 주자 그 앞에 앉은 수돌이 행복한 표정을 지었다.

은애 낭자가 사는 고을에는 안씨 성을 가진 고약한 할멈이 살고 있었지. 젊은 시절에는 기생으로 일했는데 나이가 들어서는 온몸에 부스럼이 생겨서 혼자 살게 되었던 것이다. 몸이 아픈 채 혼자 사니 세상에 서러운 것도 이런 서러움이 없더라.

상희가 그 대목에서 마치 자신의 몸이 가려운 것처럼 긁어 대자 붉은색 철릭에 노란 초립을 쓴 별감 둘이 지나가다가 손가락질을 하면서 웃었다.

"어린 계집이 말이 청산유수로군."

그러고는 걸음을 멈추고 얘기를 들었다. 신이 난 상희가 목청을 높였다.

가난한 할멈은 은애 낭자의 집에 종종 쌀과 소금을 꾸러 왔는데, 빌려가는 건 많고 갚지는 않으니 은애 어머니가 좋은 말로 물리쳤네. 그러자 앙심을 품은 할멈이 애꿎은 은애 낭자를 괴롭힐 생각으로 최정련이라는 조카를 꼬셨다네. 아이고, 이놈아. 내 말을 들으면 은애 낭자를 네 각시로 만들어 주마 하고 말이지. 마침, 최정련도 마음속으로 은애 낭자를 사모하고 있던 터라 옳다구나 귀를 기울이니, 할멈은 동네마다 은애 낭자와 최정련이 사통을 한다는 더러운 소문을 내더라.

상희의 얘기를 듣던 수돌이 저도 모르게 화를 냈다.
"못된 할망구 같으니."
그러자 뒤에서 듣고 있던 별감들이 재미있다는 듯 웃었다. 장옷을 쓰고 지나가던 여인도 호기심에 못 이겨 멀찌감치 떨어진 황토현 끝자락에 서서 상희의 이야기에 귀를 기울였다. 흥분과 긴장감으로 얼굴이 빨개진 상희가 숨을 크게 들이쉬었다. 조마조마해진 수돌이 진정하라는 손짓과 눈빛을 보냈다. 숨을 다시 들이쉰 상희가 이야기를 이어 갔다.

어처구니없는 소문이 퍼지자 은애 낭자는 크게 낙담해서 어머니를 끌어안고 밤새 울고불고하였더라. 하지만 발 없는 소문이 천리를 간다고 사람들은 하나같이 은애 낭자가 최정련과 사통하는 사이라고 믿게 되었네그려. 하지만 하늘은 착한 사람을 버리지 않으니, 그녀의 진실함을 믿는 사람이 중매를 해서 혼처를 찾을 수 있었다.

이제는 제법 불어난 구경꾼들이 다행이라며 안도의 한숨을 쉬었다. 신이 난 상희는 열정적으로 이야기를 들려줬다.

하지만 앙심을 품은 할멈은 여전히 은애 낭자에 대해서 차마 입에 담지 못할 험담을 퍼붓기를 멈추지 않았네. 그러자 처음에는 긴가민가하던 사람들도 은애 낭자에 대한 헛소문을 믿게 되었지. 그러기를 무려 2년, 은애 낭자는 가슴에 불을 품게 되었다. 그러던 어느 날, 더 이상 참지 못한 은애 낭자는 부엌에서 칼을 꺼내 가슴에 품고 할멈의 집으로 향하였다.

상희의 얘기가 점점 길어지자 사람들이 조금 지루해했다. 맨 처음 발걸음을 멈췄던 별감들도 자리를 떴다. 그러자 당황한 상희의 표정이 굳어졌다. 하지만 수돌은 눈을 크게 뜨면서 얘기에 귀를 기울였다. 수돌의 그런 모습에 용기를 낸 상희는 계속 이어 갔다.

지난 2년간의 설움을 하나하나 곱씹으면서 할멈의 집에 도착한 은애 낭자는 큰 소리로 할멈을 불렀다. 마침 할멈은 부스럭 때문에 저고리를 벗고 방 안에 앉아 있던 중이라, 자신을 부르는 그녀의 목소리를 듣고 문을 활짝 열었다. 삐걱.

상희는 문을 여는 것 같은 몸짓을 하면서 '삐걱' 하고 소리를 냈다. 어판수가 가끔 쓰는 방식을 따라 한 것인데 반응이 좋았다. 장옷을 쓰고 듣고 있던 여인이 손으로 입을 가리고 웃었다. 그 바람에 장옷이 살짝 흘러내리자 추스르느라 잠시 몸을 돌렸다. 반응이 다시 살아나는 것 같자 상희는 기운을 차리고 책의 내용을 계속 얘기했다.

원수 같은 할멈을 본 은애 낭자가 쌍심지를 켜면서 왜 나에 대한 험담을 하고 다니냐고 따졌다. 그러자 할멈은 오히려 적반하장도 유분수지. 그깟 작은 칼로 날 어찌하겠냐고 조롱하기를 멈추지 않더라. 이에 분개한 은애 낭자가 너 죽고 나 죽자며 문을 박차고 들어가서 할멈의 가슴팍에 칼을 힘껏 꽂았다.

책을 돌돌 말아서 칼처럼 움켜 쥔 상희가 팍 찌르는 시늉을 하자 구경꾼들이 일제히 소리를 지르며 뒤로 물러났다. 그만큼 이야기에 빠져 있다는 뜻이라 수돌은 그나마 안심이 되었다. 기운찬 상희의 목소리가 들려왔다.

쓰러진 할멈이 나 죽네라고 소리를 치자 은애 낭자는 너의 간교한 혓바닥 때문에 내 마음은 벌써 죽었다라고 외치면서 연거푸 두 번, 세 번, 네 번, 다섯 번을 넘게 찔렀네그려. 피를 철철 흘린 할멈이 숨을 거두자 은애 낭자는 피 묻은 칼을 치맛자락으로 닦고는 다시 길을 나서니, 할멈과 부화뇌동해서 자기를 괴롭힌 최정련을 죽이러 가는 길이었더라.

구경꾼들 사이에서 '어이쿠', '저런' 하고 탄식과 깊은 한숨이 흘러나오는 가운데 상희의 이야기가 이어졌다.

길을 가다가 최정련의 어미와 마주치고 말았네. 자초지종을 들은 최정련의 어미가 자식을 살려 달라고 눈물로 애원하자 은애 낭자는 집으로 돌아와서 조용히 처분을 기다렸다. 소식을 들은 현감이 형구를 늘어놓고 은애 낭자를 잡아들여서 호통을 치며 왜 살인을 저질렀는지 묻자, 은애 낭자가 고개를 번쩍 들고 말하기를, 나는 평생 지엄한 법도 속에서 양반가의 여식으로 하나의 흠도 잡힐 일 없이 살아왔다고 호소하였네. 그런데 음흉하고 늙은 노파가 자신에 대한 험담을 하루가 멀다 하고 하니, 살아도 산 것이 아니오. 죄를 짓지 않고 죄인이 되고 말았다더라. 그리하여 마침내 견딜 수가 없어서 칼을 들고 찾아가서 죽였노라 자복하였다. 은애 낭자의 얘기를 들은 현감은 크게 감동했지만 죄인을 사사로이 풀어줄 수는 없으니 일단 감옥에 가두라 명하였다. 그리고 임금께 상소를 올려서 비록 사람을 죽였지만 죽기보다 더한 치욕을 씻기 위한 것이니 용서해 달라고 간청하였다. 상소를 받은 임금이 눈물지으며 말하기를, 억울한 누명을 쓰고 하늘이 무너진 것 같은 고통 속에서 이미 충분히 처벌을 받았으니 무죄 방면하라고 이르셨도다.

감옥에 갇혔던 은애 낭자가 풀려났다는 대목에 이르자 구경꾼들이 일제히 박수를 치며 기뻐했다. 반응을 본 상희 역시 미소를 지었다. 수돌도 벌떡 일어나 두 손을 번쩍 치켜들고 기뻐했다. 동네 아이들 몇 명 모아놓고 이야기를 들려줄 때는 굉장히 잘했지만 사람들이 조금만 많아져도 긴장해서 내용을 까먹거나 말을 더듬거릴 때가 있었다. 그런데 그때와는 비교도 할 수 없을 정도로 많이 모인 사람들 앞에서 하나도 떨지 않고 이야기를 마무리 지은 것이다. 쏟아지는 박수세례 속에서 상희는 마지막으로 이야기를 마무리 지었다.

아! 임금께서는 여성이 정조를 지키는 것은 목숨보다 중요한데 그걸 위해서 죽을 각오를 하고 칼을 들었으니, 칭찬을 해야 마땅하지 차꼬와 칼을 채워 감옥에 넣는 것은 있을 수 없는 일이라고 하시었다. 풀려난 은애 낭자는 자신에서 씌워진 억울한 누명을 벗고 남편과 오래오래 행복하게 살았다.

상기된 표정의 상희는 이야기를 마치고는 활짝 웃었다. 제일 앞에 있던 수돌도 정신없이 박수를 쳤다. 이야기가 끝나자 지켜보고 있던 사람들은 가던 길을 갔다. 힘이 빠진 상희는 그 자리에 주저앉았다. 그러다가 수돌이 다가오자 땀으로 범벅이 된 얼굴로 올려다봤다.

"나, 잘했어?"

"응, 한양 최고의 전기수는 바로 너야."

수돌의 칭찬에 상희는 활짝 웃으며 몸을 일으켰다. 어느덧 해가 뉘엿뉘엿 저물어 가는 중이었다. 상희가 집이 있는 동대문 쪽을 바라보며 말했다.

"배고파. 어서 가자."

두 아이는 황토현을 내려가 집으로 향했다.

이틀 후, 두 아이는 북악산의 백사실 계곡으로 향했다. 맑은 모래내를 굽어보는 위치에 정자인 세검정이 있고 주변에 바위들이 있다. 종이를 만드는 관청인 조지서의 노비들이 글씨가 적힌 종이를 모래내에 담가서 지운 다음에 바위에 널어서 말리는 중이었다. 모래내를 가로지르는 돌다리를 건너서 백사실로 접어들었다. 바위투성이인 오르막길 중간중간에는 초가집들이 몇 채 보였다. 머리 수건을 두른 아낙네는 아기를 등에 업은 채 빨래를 널어서 말리고 있고, 곰방대를 물고 있는 노인은 툇마루에 앉아 느긋하게 담배를 피우는 중이었다. 질질 끌리는 치맛자락을 잡고 앞장서서 걷는 상희를 힘겹게 따라가던 수돌이 물었다.

"안 힘들어?"

그러자 걸음을 멈추고 돌아선 상희가 말했다.

"힘들긴 뭐가 힘들어? 내가 좋아하는 이야기를 실컷 하러 가는데?"

길가에는 이름 모를 꽃들이 예쁘게 자리 잡고 있었다. 계곡에서 흘러나오는 작은 물들이 모여서 졸졸거리며 아래로 흘러내렸다. 계곡 초입에 들어서자 거대한 바위가 보였는데 움푹 파인 곳에 물이 모여서 작은 연못을 이뤘다. 무리지어 날아온 참새들이 물을 마시거나 몸을 적시며 바삐 걸어가는 두 사람을 바라봤다. 개울을 따라 걷다 보니 떠들썩한 말소리들이 들려오기 시작했다. 둘은 자연스럽게 발걸음을 서둘렀다. 개울을 가로지르는 작은 돌다리를 지나자 놀랄 만한 풍경이 펼쳐졌다.

"우아!"

확 넓어진 계곡 안에는 둥근 쟁반같이 생긴 연못이 보였고, 너머에는 육각형으로 된 정자가 보였다. 발을 담근 사람처럼 연못에 반쯤 걸쳐진 정자 안에서는 갓과 도포를 쓴 선비들 몇 명이 술잔을 기울이는 중이었다.

"저기 봐봐!"

상희는 수돌의 손가락이 가리키는 곳을 바라봤다. 육각정 맞은편으로 누각이 딸린 사랑채가 보였다. 그 뒤로도 전각들이 보였다. 산 쪽으로는 바람을 막아 주는 작은 돌담 같은 게 서 있었다. 수돌이 입을 다물지 못하고 있었다.

"이곳에 별서를 둘 정도면 어느 정도 권세가 있어야 하는 걸까?"

연못 주변에는 천막들이 몇 개 세워져 있고, 돗자리가 깔려 있었다. 몇몇 선비들은 벌써 종이를 펼쳐 놓고 시를 쓰는 중이었다. 육각정 근처에는 따로 돗자리가 펼쳐져 있었는데 그곳에는 전모를 쓴 기생들이 생황이나 비파를 연주하며 분위기를 돋우고 있었다. 천막 주변에는 시회에 참석한 선비를 따라온 노비들이 음식을 만들거나 종이를 나르는 중이었다. 좀 떨어진 곳에는 선비들이 타고 온 것으로 보이는 말과 기생들이 타고 온 것 같은 가마들이 나란히 있었다. 말구종으로 보이는 사람들이 옹기종기 모여서 곰방대를 물고 담배를 피우는 중이었다. 멍하게 서서 그 광경을 바라보던 상희가 중얼거렸다.

"시회라는 게 이런 거구나."

그때, 푸른 중치막에 작은 갓을 쓴 중년의 사내가 다가왔다.

"네가 상희냐?"

불쑥 나온 물음에 상희는 겁먹은 표정으로 고개를 끄덕거렸다.

"네, 어판수 아저씨가 오늘 여기로 오라고 해서 왔어요. 여기는 제 친구 수돌이고요."

수돌이 고개를 숙여 인사를 하자 중년의 사내가 대답했다.

"나는 대감님을 모시는 청지기 오감덕이란다. 시회를 주관하고 있지."

"만나서 반갑습니다. 어판수 아저씨는 아직 안 오셨나요?"

상희의 물음에 오감덕은 난감한 표정을 지었다.

"그 사람은 오지 못할 거다."

"왜요?"

놀란 상희의 표정을 살핀 오감덕이 말했다.

"어제 연초전 앞에서 『임경업전』을 읽어 주는데, 듣고 있던 사람 중 한 명이 갑자기 달려들어 담뱃잎을 써는 작두로 찔렀단다."

상희가 두 손을 모은 채 굳어 버리자 수돌이 대신 물었다.

"그래서 많이 다치신 거예요?"

"다행히 목숨은 건졌지만 배를 심하게 다쳐서 움직이지 못하는 상황이야."

"그럼 우린 어떡하죠? 아저씨가 선비님들에게 얘기를 들려주는 동안 저는 기생들과 하인들에게 얘기를 들려주라고 하셨어요."

"안 그래도 어판수가 보낸 사람이 그 얘기를 하더구나. 자기와 같이 올 여자아이가 있는데 그 아이가 대신해 줄 거라고 말이다."

"제가요?"

"그래, 비록 어리지만 말재주가 좋으니 꼭 시켜 보라고 말이다. 어차피 다른 전기수를 찾기에는 시간도 부족하여 알겠다고 했다. 지금은 한참 시회가 진행되고 있다. 쉬는 시간에 저 육각정에 올라가서 이야기를 들려주어라. 할 수 있지?"

오감덕의 말에 주저하던 상희는 고개를 끄덕거렸다.

"그럼요. 잘할 수 있어요."

그런 상희를 물끄러미 바라본 오감덕이 소매에서 책을 하나 꺼냈다.

"어판수가 선비들이 좋아하는 얘기라면서 이걸 읽어 주라고 하더구나. 이 중에서 「세 선비의 소원」을 읽으면 된다."

책을 건넨 오감덕은 곧장 자리를 떴다. 책을 건네받은 상희는 겉에 적힌 제목을 읽었다.

"『삼설기』?"

옆에서 보고 있던 수돌이 알은척을 했다.

"우리 아버지가 하는 세책점에도 있는 거네."

"어떡하지? 나는 처음 보는 건데?"

울상이 된 상희에게 수돌이 말했다.

"지금부터 읽으면 되지. 저쪽으로 가자."

수돌이 상희를 데리고 누각이 딸린 별채 쪽으로 갔다. 계단을 오르자 넓은 평지가 나왔다. 큰 돌에 걸터앉은 수돌이 책을 펼쳐 보였다.

"여기서부터가 「세 선비의 소원」이야. 내가 내용을 들려줄 테니까 읽으면서 들어."

"알았어."

바로 앞의 바위에 걸터앉은 상희가 책을 들여다보면서 정신없이 눈으로 읽었다. 수돌은 잠시 내용을 생각하다가 입을 열었다.

"그러니까 세 명의 선비가 죽어서 옥황상제 앞으로 가게 되면서 이야기가 시작돼. 왜냐하면 다들 아직 자기가 죽을 때가 아니라고 항변했기 때문인데 옥황상제가 명부를 살펴보니까 실수로 죽을 나이를 잘못 적어서 오게 된 게 맞았어. 그래서 미안해진 옥황상제가 세 명에게 다시 환생의 기회를 주기로 했는데 어떤 집에 태어나고 싶냐고 물어봐."

수돌의 얘기를 들으며 책을 읽던 상희가 책장을 넘기면서 물었다.

"그랬더니?"

"첫 번째 선비가 먼저 앞에 나서서 저는 이름난 명문가에서 태어나 마음껏 공부해서 과거에 합격하고 싶다고 얘기해. 그 이

후에는 임금을 가까이 모시면서 역사에 이름이 남기를 원한다고 말하지. 그러자 옥황상제는 북두칠성의 여섯 번째 별로 학문을 주관하는 별인 문창성을 불러서 들어줘도 되느냐고 물어. 그러자 문창성은 소원을 말한 선비가 생전에 음덕이 있으니 소원을 들어주어야 한다고 대답해. 그러자 옥황상제는 알겠다고 하고는 첫 번째 선비의 소원을 들어줘. 그리고 두 번째 선비를 불러서 소원을 물어보지."

"잠깐만."

수돌의 얘기를 들은 상희가 다음 장으로 넘겼다.

"계속 얘기해 줘."

"두 번째 선비는 배를 쓰다듬으면서 앞으로 나와. 그러고는 세상에서 가장 힘든 게 바로 굶는 것이라면서 자기는 살아생전 배고프다고 우는 아이들의 울음소리를 듣고 지내야 했다고 얘기해. 그러고는 다시 환생한다면 부잣집 자식으로 태어나서 풍족하게 살면서 가족을 돌봐주고 싶다고 말해."

"옥황상제가 소원을 들어줬어?"

상희의 물음에 수돌이 잠깐 생각하다가 입을 열었다.

"얘기를 들은 옥황상제가 인간의 수명을 관장하는 사록이라는 별을 불러서 물어봐. 그러자 사록은 두 번째 선비가 생전에 고생을 한 것은 아내와 아이들을 버리고 술과 여자에 빠졌기 때문이라고 대답해."

"저런, 자업자득이네."

상희의 얘기에 고개를 끄덕거린 수돌이 설명을 이어 갔다.

"하지만 두 번째 선비의 조상들이 공덕이 있으니 소원을 들어주는 게 좋겠다고 얘기해. 그러자 옥황상제는 두 번째 선비의 소원도 들어주겠다고 말하지."

"이제 한 명 남았네?"

"맞아. 옥황상제가 남은 세 번째 선비에게 무슨 소원이 있냐고 물어봐. 그랬더니 세 번째 선비는 무릎을 꿇고 말해. 자기는 과거에 합격해 이름을 남기거나 부자가 되는 것에는 관심이 없다고 해."

수돌의 얘기를 들은 상희가 고개를 갸웃거렸다.

"욕심이 없었네?"

"그건 아니었어. 잘 들어 봐. 세 번째 선비의 소원은 경치가 아름답고 조용한 곳에 자그마한 논밭을 일구면서 끼니를 굶지 않고 아침과 저녁에 배불리 먹고, 깨끗한 의복을 차려입고 싶다고 얘기해. 아울러, 자식들이 큰 말썽 없이 자라고, 노비들도 말을 잘 들어서 골치 아픈 일 없이 천수를 누리고 살다가 병에 시달리지 않고 죽게 해 달라고 하지."

수돌의 설명을 들은 상희가 중얼거렸다.

"앞의 선비들보다는 소박해 보이지만 진짜 행복한 삶이네."

"맞아. 그래서 세 번째 선비의 얘기를 들은 옥황상제는 앉아 있는 의자의 손잡이를 쓰다듬으면서 중얼거려. 그게 바로 청복이라고 불리는 소원인데 온 세상 사람들이 원하는 것이지만 아무나 누릴 수 없는 삶이라고 해."

"그렇긴 하지."

상희의 대답을 들은 수돌이 이야기를 이어 갔다.

"그러면서 옥황상제가 마땅히 얻을 수 있다면 내가 먼저 그런 삶을 누리고 싶다고 말하는 것으로 끝나."

수돌의 설명을 들은 상희가『삼설기』의 책장을 넘기면서 중얼거렸다.

"선비들이 왜 이 얘기를 좋아하는지 알겠어. 굉장히 교훈적이면서도 욕심 없는 삶을 살라는 뜻이잖아."

"맞아. 선비들뿐 아니라 세책점에 드나드는 다른 손님들도 좋아하는 이야기야."

수돌의 대답에『삼설기』를 덮은 상희가 연못과 육각정 쪽을 보면서 걱정스러운 표정을 지었다.

"내용은 이해했는데 내가 잘할 수 있을까?"

그런 상희에게 수돌이 대답했다.

"잘할 수 있고말고, 그러니까 어판수 아저씨가 취소하지 않고 너한테 맡긴 거지."

"그래도."

시무룩해하는 상희에게 수돌이 말했다.

"너, 전기수가 되고 싶다고 했잖아. 오늘 잘했다는 소문이 퍼지면 앞으로 자리 잡기 굉장히 쉬울 거야. 특히, 여자 전기수는 지금까지 없었잖아."

수돌의 얘기에 상희는 용기를 냈다.

"알았어. 잘해 볼게."

눈빛을 반짝거리며 상희는 『삼설기』를 몇 번이고 읽으면서 내용을 외웠다. 그사이, 수돌은 내용에 도움이 될 만한 것들을 알려줬다. 그동안에 떠들썩한 시회가 차츰 마무리되었다. 선비들의 시가 적힌 종이가 정자의 난간에 걸렸다. 그걸 본 수돌이 중얼거렸다.

"종이에 적힌 먹물을 말리려는 모양이네. 이제 거의 끝난 것 같아."

그게 무슨 의미인지 알고 있는 상희는 굳은 표정으로 몸을 일으켰다. 오감덕이 헐레벌떡 뛰어오는 게 보였다. 계단을 내려가자 오감덕이 육각정을 가리켰다.

"저기로 가서 이야기를 들려주면 된단다."

"알았어요."

"잘할 수 있지? 점잖은 선비님들이긴 하지만 재미가 없으면 험한 소리가 나올 수 있다."

근심스러워하는 오감덕을 올려다 본 상희가 대답했다.

"걱정 마세요. 저는 잘할 수 있으니까요."

상희의 대답을 들은 오감덕이 안심이 되는 표정을 지었다.

"따라오너라."

오감덕이 앞장서고 상희가 뒤를 따랐다. 연못가를 걸으면서 상희는 무수히 많은 시선과 마주쳤다. 생황과 비파를 들고 있던 기생들은 자못 흥미롭다는 표정으로 바라봤다. 시 쓰기를 마친 선비들은 술잔을 기울이면서 웃고 떠드느라 상희를 잠깐 스치듯 살펴본 게 전부였다. 주인의 시중을 들던 노비들은 일을 하느라 정신없는 와중에 상희를 힐끔거리며 쳐다봤다. 다들 어린 계집아이가 선비들이 시를 쓰는 모임인 시회에 모습을 드러낸 것을 의아하게 생각하는 눈치였다. 그런 시선들을 듬뿍 받으며 육각정 앞에 선 상희는 긴장감에 가슴이 두근거렸다. 하지만 동시에 드디어 기다리던 기회를 잡았다는 생각도 들었다. 어릴 때부터 이야기를 좋아해서 전기수가 되고 싶었다. 어려서, 여자라서 안 된다는 주변의 반대에 굽히지 않고 이곳까지 오게 되었다. 이런저런 생각을 하는 사이, 어느새 육각정 앞에 도달했다. 육각정 안은 물론이고 주변에는 술잔을 기울이며 시회가 끝난 것을 기뻐하는 선비들이 보였다. 육각창 앞에 도착한 오감덕이 옆으로 물러선 채 올라가라는 손짓을 했다. 상희는 두근거리는 마음으로 나무로 된 계단을 밟고 육각정 안으로 올라갔다. 난간에는 선비들의 시가 적힌 종이들이 걸쳐진 채 바람에 펄럭거렸다. 느긋하게 뜬 해는 육각정의 처마에 살짝 걸려 있었다. 해가 뜬 연못 쪽을 등지고 선 상희는 소매에서 꺼낸 부채를 한 손에 쥐고 다른 한 손에는 어판수가 보내준 『삼설기』를 들었다. 난간에 기댄 채 얘기를 주고받던 선비들이 흥미롭다는 눈길로 바라봤다. 심호흡을 한 상희는 먼발치에서 펄쩍 뛰면서 응원하는 수돌을 향해 가볍게 미소를 지었다. 책장을 넘긴 상희는 부채를 좌르륵 펼치며 목을 가다듬었다. 육각정 아래에서 상희의 모습을 지켜보던 기생 하나가 조용히 생황을 불었다. 은은하게 퍼지는 생황 소리에 맞춰 여자 전기수 상희가 드디어 입을 열었다.

옛날옛날에 세 선비가 살았답니다. 그런데 어느 날, 갑작스럽게 세상을 떠나 옥황상제 앞에 가게 되었지 뭡니까! 과연 세 선비에게 무슨 일이 벌어질까요?

선비들이 상희의 낭랑한 목소리를 듣고 자세를 고쳐 앉거나 귀를 기울였다. 자신감을 얻은 상희의 목소리가 백사실 계곡에 울려 퍼졌다.

우리는 아름다운 이야기에 쉽게 매혹됩니다. 그래서 가죽옷을 입고 돌도끼를 쓰던 시절에도 모닥불 앞에 둘러앉아 서로의 이야기에 귀를 기울였을 겁니다. 아마도 남들보다 특별히 재미난 이야기를 한 사람은 사냥한 고기 한 덩어리라도 더 받았을 겁니다.

오늘날에도 다양한 이야기들이 끊임없이 만들어지고 있습니다. 영화와 드라마, 소설 등이 모두 이야기로부터 분화된 것이지요. 저 역시 이야기로 먹고사는 중입니다.

조선 시대에도 이야기는 많은 사랑을 받았습니다. 특히, 후기가 되면 방각본이라고 부르는 한글 소설들이 만들어졌고, 돈을 받고 빌려주는 세책점들이 생겨났습니다. 하지만 세책점에서 책을 빌릴 만한 여유가 없거나 글을 읽지 못하는 사람들은 전기수들을 통해 이야기를 들었습니다. 전기수는 단순히 책을 읽어주는 것이 아니라 감정을 실었기 때문에 훨씬 더 재미있고 흥미진진했을 겁니다. 그래서 몇 명의 전기수들은 오늘날에도 이름이 남아 있을 정도로 명성을 떨쳤습니다. 하지만 전기수들은 모두 남성이었습니다. 바깥에서 사람들에게 이야기를 들려줘야 했기 때문에 여성이 전기수가 되는 건 거의 불가능했습니다.

그래서 여성 전기수의 이야기를 만들어 봤습니다. 이야기는 불가능한 걸 가능하게 만들 수 있는 힘이 있으니까요. 그리고 그 이야기들이 세상을 바꾸는 원동력이 되어 왔으니까요.

김소연

역사와 SF 장르의 융합을 공부하며 오늘과 이어진 어제와 내일을 상상하고 고민한다. 기후위기와 4차산업혁명의 도래를 걱정하면서 동시에 수많은 위기를 극복해 온 한반도의 역사를 들여다본다. 과거와 미래는 오늘이라는 징검다리를 통해 연결되며 오늘은 어제와 내일을 기반으로 이해할 수 있다고 믿는다. 어린이동산 중편동화 공모전과 창비좋은어린이책 공모전에 당선되었으며 역사동화 『명혜』와 『꽃신』으로 이름을 얻었다. 서울문화재단, 경기문화재단 지원 예술인에 선정되었다. 최근에 나온 책으로는 『특이점』, 『반반 무 많이』, '헬조선 원정대' 시리즈 등과 공저 『전사가 된 소녀들』, 『격리된 아이』 등이 있다.

어느 소녀병의 편지

첫 번째 편지 1950년 10월 11일

족은어멍[*] 보십서.

편지를 낸다 낸다 하면서 이제야 펜을 듭니다. 오늘이 10월
11일이니 제주를 떠나온 지 벌써 두 달이 다 되어 갑니다. 저는
지금 물비린내 풍기는 식당 한 귀퉁이에 앉아 있어요. 설거지까
지 마친 이곳은 텅 비었습니다. 원래 사람이 북적거리는 곳일수
록 한산해지면 더 허전하고 무서운 법이라지요. 그래서일까요.
복도 건너편 내무반에서 들리는 동기들의 웃음소리와 수다 소

---

[*] 작은어머니.

리에도 쓸쓸한 마음이 듭니다.

어쩌면 저는 제주를 떠날 때부터, 아니 고향 동네 너븐숭이[*]를 뒤로하고 도망쳐 나올 때부터 혼자인 게 무서워진 것 같습니다. 배짱 좋기로 짜하던 제가 혼자 있는 걸 못 견디다니 우습지 뭡니까. 그런데 진해로 건너와 120명이 넘는 동기들과 어깨를 비비며 똑같은 군복, 똑같은 훈련, 똑같은 침상에서 지내다 보니 외로움을 한동안 잊고 산 모양입니다. 진창에 빠져 낮은 포복을 할 때도 옆에서 허우적대는 동기를 보며 나만 죽을 것처럼 힘든 게 아니구나 하는 안도감이 들었고요. 배식 때 흙 묻은 숟가락으로 식판에 붙은 밥풀을 남김없이 떼어 먹을 때도 흙이 씹히는 줄 몰랐습니다. 빙 둘러앉은 동기들 사이에 끼어 게걸스럽게 식판을 핥았으니까요. 아무래도 전 나만 힘든 게 아니고, 나만 불행한 게 아니고, 나만 슬픈 게 아니라는 증거를 보고 싶었나 봅니다.

편지를 쓰기 위해 조용한 곳에 홀로 앉으니 한동안 잊고 있었던 기억이 되살아납니다. 저승사자에게 목이 눌리는 두려움, 그 두려움을 오직 혼자서 감당해야 했던 지난날 말입니다. 여자 해병대에 지원한 연유에 외로움의 공포에서 도망치려는 속뜻이 있지 싶습니다.

---

[*] 넓은 돌밭 혹은 쉼터를 뜻하는 제주 방언. 제주4·3 때 가장 많은 희생자가 나온 북촌리의 지명이기도 하다.

이 구절을 읽으며 미간을 찌푸리실 족은어멍이 떠올라 웃음이 납니다. 성옥이 너에겐 혈육인 성태가 있지 않니? 이제 겨우 여덟 살 먹은 동생을 두고 무슨 혼자니 홀로니 헛소리냐? 또 피는 안 섞였지만 식구인 이 족은어멍도 있지 않니? 하시며 눈을 흘기실 것 같아요. 족은어멍 섭섭해하지 마십서. 말 그대로 저한테 이제 누가 남았습니까? 성태와 족은어멍뿐입니다. 두 사람이 제게는 유일한 버팀목입니다. 한밤중에 눈을 뜨면 내무반 천장에 성태와 족은어멍 얼굴이 둥둥 떠다닙니다. 그러니 제가 함부로 울 수 있겠습니까? 울기는커녕 어서어서 대한민국의 당당한 군인이 되어야 합니다. 그래야 성태 앞길을 막고 선 걸림돌을 치워 버릴 수 있습니다. 콩 가마니를 져 나르느라 허리 펼 새가 없는 족은어멍께 효도할 수 있습니다. 여기 모인 제주 비바리* 126명은 모두 비슷한 마음입니다.

족은어멍 건강은 좀 어떠신지요? 가슴 뛰는 병은 좀 가라앉으셨는지요. 밤마다 깨어 저고리 앞섶을 움켜쥐시던 족은어멍 모습이 선연합니다. 모르셨지요? 매번 돌아누워 자는 척했지만, 어멍이 일어나 숨을 몰아쉴 때 저도 깨어 들썩이는 어깨를 바라보았더랍니다. 족은어멍은 오사카에서 겪은 일로, 저는 고향에서 겪은 일로 가슴 병을 얻은 셈이지요. 거센 바닷바람이 문풍

* 아가씨.

지를 긁어 대는 밤이면 우리는 서로에게 들키지 않으려고 등을 돌린 채 함께 힘든 시간을 보낸 거우다. 하긴 제주에서 진땀이 배인 얼굴을 서로에게 들키지 않으려고 등 돌리고 자는 가족이 한두 집이었겠습니까. 다들 바윗덩어리 같은 사연 하나씩은 가슴에 매달고 사는 거지요.

성태는 몸 성히 잘 있나 모르겠습니다. 하나 남은 누이마저 육지로 나갔으니 어린것 속이 어떨지 매양 걱정입니다. 산지 부두에서 LTS 해군 수송선을 타고 떠나올 때를 잊을 수 없습니다. 족은어멍 품에 안긴 녀석을 보다 하마터면 바다로 뛰어들 뻔했지 뭡니까. 다시 부둣가로 헤엄쳐 나가 울음을 참느라 얼굴이 새빨개진 녀석을 받아 안아야지 하는 생각이 솟구친 탓입니다. 옆에 서 있던 진숙이가 제 어깨를 지그시 눌러 주지 않았더라면 오늘 편지도 쓰지 못했을 거우다.

여기 진해는 바다를 앞에 둔 항구건만 그래도 육지 끝이라고 가을바람이 제주와는 다르게 메마릅니다. 흙먼지 냄새 섞인 바람을 맞다 보면 짭조름한 제주 바닷바람이 사무치게 그립습니다.

족은어멍, 아직도 어멍 몰래 북촌 경찰서에 신체검사를 받으러 간 조케똘*년 원망함수꽈? 밉다 하신대도 어쩔 수 없수다. 저 강성옥이는 오늘 날짜로 군번까지 받은 대한민국 해병대 4기

---

*   조카딸.

여군이 되었습니다. 우리 집안에서 대한민국 군인이 나오리라고 누가 짐작이나 했겠습니까? 그것도 겨우 열일곱 먹은 지집아의*가 말입니다.

지난 8월 말일에 동국민학교 운동장에서 제식 훈련받던 게 어제 일 같은데 벌써 40일이 훌쩍 지났습니다. 그 전날 해병대에 자원입대하겠다고 경찰서를 찾아가던 일도 똑똑히 기억납니다. 모병 업무를 보는 경찰서로 들어갈 때는 무명 저고리에 검정 치마 차림이었는데 나올 때는 바지와 군복 차림으로 바뀌었지요. 댕기 머리 싹둑 잘라 버릴 때는 여자로서 망설일 틈도 주지 않고 눈 깜짝할 새에 베어내 버리더군요. 평생을 길러 온 머리를 순식간에 자르니 눈물이 핑 돌지 않았겠느냐고요? 천만에요. 이깟 머리야 백 번 천 번이라도 자른들 무슨 상관이우꽈. 우리 성태가 앞으로 학교도 떳떳이 다니고 취직도 하고 결혼도 옳게 하게 된다면 이런 머리카락쯤은 하나도 아깝지 않아요. 머리는 어차피 잘라도 계속 자라는 거지만 성태의 미래는 한 번밖에 없으니까요.

어제 제주 출신 자원입대 여자 해병대가 기초 훈련을 마치고 훈련장 한가운데 모여 수료증을 받았습니다. 애 티도 벗지 못한 비바리들이 열 맞추어 서서 선서를 했어요. 조국이 남북으로 갈

* 계집아이.

리어 이념 전쟁을 시작한 이때, 비록 어린 나이이지만 국가에 한 줌 보탬이라도 된다면 죽어도 여한이 없습니다라고 목청껏 외쳤습니다.

햇볕에 그을리고 흙바닥에 구르느라 까맣게 거칠어진 얼굴들이었지만 눈빛만큼은 장군 못지않은 군기로 가득했습니다. 어느 누가 우릴 여자라고 무시하겠습니까. 남자 해병대원과 똑같은 신병 훈련을 통과한 우리들을요. 각개 전투, 분대 전투, 총검술에 소총 분해 결합까지……, 지금 당장 전쟁터로 투입되어도 빨갱이 한 놈쯤은 문제없습니다. 거기에 후방지원 업무를 위한 수기 통신, 응급처치, 사무회계까지 배워 놓았으니 어디에 내놓아도 부끄럽지 않은 대한민국 해군입니다.

족은어멍, 공장 일만 해도 허리가 휘는 어멍께 성태를 떠맡기고 온 조케똘을 용서합서. 하지만 제가 여자 해병으로 군 복무를 무사히 마치면 우리 모두의 앞날이 평탄해질 거우다. 그 약속 하나만 믿고 참고 견디우다. 저 역시 하늘 아래 고개 빳빳이 쳐들고 다닐 그날만을 생각하며 매일을 버팁니다.

오늘 편지는 이만 줄입니다. 곧 틈나는 대로 또 편지 올리겠습니다. 그때까지 몸 성히 잘 계십서. 성태에게도 누나 안부 전해 주시고요.

진해에서 성옥 올림.

두 번째 편지 1950년 11월 23일

족은어멍 보십서.

보내주신 편지 잘 받았습니다. 간장 공장 일이 몸에 익어 한결 수월해졌다는 말씀에 안심되우다. 성태도 아프지 않고 잘 있다니 그저 어멍 덕분입니다. 녀석이 제 편지를 품에 넣고 다닌다고요. 어린것이 부모도 없이 공장 인부들 사이에서 치이지나 않을까 노심초사했는데 씩씩하게 지낸다니 대건할 뿐입니다. 부디 성태만은 그늘 없이 자라 주었으면 하는 바람이지요.

성태가 애기 적부터 워낙 개구지고 천방지축이라 사방으로 저지레를 하고 다녔죠. 그러던 녀석이 어멍 아방 돌아가시고 나서 풀이 죽어 맥없이 빌빌거릴 때 가여워 혼났습니다. 말썽을 피워 야단을 맞을 때도 기 하나 안 죽고 헤헤거리던 개구진 얼굴이 눈앞에 선합니다. 그러던 낯빛이 돌처럼 굳어 제 가슴에 피멍으로 남아 있지요.

해안가로 내려와 간장 공장에 다니기 시작할 때도 아이 표정에는 변화가 없었어요. 그러다 일본에서 나온 족은어멍이 매일밤 성태를 꼭 안아 재우시면서 아이가 눈에 띄게 나아졌습니다. 몸에 다시 힘이 들어가는 것처럼 발걸음부터 무게가 잡히고 볼에 핏기가 돌더군요. 족은어멍은 눈치 못 채셨을 수도 있겠지요마는 저는 확실히 깨달았습니다. 성태는 누나도 필요하지만 어명의 품이 고팠고, 그 허기를 죽은어멍 품에서 채운다는 사실을요. 지금 후회가 되는 점은 성태에게 야멸차게 군 제 자신입니다. 하늘 아래 단둘이 남은 오누이라는 핑계로 아직 어린 애에게 굳세게 살라는 엄포만 놓았던 몹쓸 누이였지요. 마음 기댈 따스한 곳을 찾아 헤매는 아이의 안쓰러운 심정은 헤아릴 줄 몰랐습니다. 그래서 죽은어멍이 성태를 치마폭에 감싸주실 때 고맙고 부끄러웠습니다.

저는 진해에 주둔한 해군 사령부 회계실에 배속되어 업무에 충실히 임하고 있습니다. 지난번 편지를 쓸 때만 해도 훈련소 수료 후 당장 전장으로 투입될 줄만 알았습니다. 공산당을 몇 놈이나 때려잡을까 각오가 대단했지요. 하지만 애석하게도 우리 나이 어린 여병사에게는 그런 기회가 좀처럼 주어지지 않더군요. 여 해병대를 책임지고 지휘하는 대위께서 우리를 모아놓고 말씀하셨어요. 총을 들고 적과 맞서 싸우는 전투는 남자 군인의 몫이다라고요. 우리 여 해병대원은 후방 업무에 매진하는 것으로 충분하다고 설명했습니다. 물론 저는 그 말씀에 동의할 수 없었습니다. 군인이 전쟁터에서 적과 싸우지 않으면 무엇하러 있겠습니까. 여자라고 덮어놓고 깔보는 시선은 참으로 낯설고 우스웠지요. 우리 제주에서 누가 감히 여자를 함부로 무시합니까. 육지 사람인 대위는 제주 비바리들을 육지 여자처럼만 본 게 틀림없다고 생각했습니다. 그런데 수료식이 끝나자 뜻밖의 일이 벌어지긴 했어요. 여 해병대원 중 반 넘게 제대를 하고 고향으로 돌아간 것입니다. 물론 제대한 동기들이 전투가 무서워, 죽음이 두려워 도망친 건 아닙니다.

사실 진해항으로 실려 온 자원자들 중 대다수가 학교 선생님의 권유 혹은 동네 이장 아즈방*의 설득에 떠밀려 온 경우였습니다. 각오도 없이 적성에 맞지도 않은 군사 훈련을 받자니 무척 힘이 들었을 거예요. 시퍼런 바당에 뛰어들어 파도와 싸우며 물질을 하는 제주 여자가 그깟 훈련 교육 며칠에 엄살을 떨 일은 아니지요. 다만 마음에 없던 것입니다. 군인 될 마음, 전쟁터에 나가 사람 죽일 마음이 없었던 겁니다.

군인이란 모름지기 정신력인데 하루아침에 떠밀려 나와 머리 자르고 바지 입고 군사 훈련을 받으라니 그럴 만하지요. 그 아이들은 취침시간마다 숨죽여 울며 수료식 하는 날만 기다렸어요. 수료식 날까지 이 악물고 참아 낸 동기들은 그것만으로도 칭찬할 만하다고 생각합니다. 안타까운 일이지만 수료식도 못하고 군번도 받지 못한 채 중도 탈락해서 제주도로 돌아가는 경우도 없지 않았으니까요.

저는 어땠냐고요? 저는 아무래도 군인 체질이 아닌가 싶어요. 저번 편지에도 썼지만 동기들과 어울려 지내는 군 생활이

---

* 아저씨.

참 좋습니다. 특히 단짝 진숙이와 훈련도 함께하고 배속도 같은 곳으로 받아 얼마나 든든한지 몰라요. 의지가 되는 친구가 하나만 있어도 세상은 버틸 만하더군요.

진숙이도 다니던 중학교 교장 선생님의 설득에 못 이겨 엉겁결에 온 친구예요. 군 생활이 힘들다고 입버릇처럼 툴툴거리지만 해병대 생활에 나름 적응하고 있습니다.

해군사령부 회계실에서 서류 정리가 제 주된 업무이지만 나름 열심히 하고 있습니다. 덕분에 전투가 벌어지는 전방만큼이나 후방지원 업무도 중요하다는 사실을 깨닫는 요즘이구요.

족은어멍, 사실 오늘 틈을 내어 편지를 쓰는 이유는 따로 있습니다. 이 편지를 쓰고 있는 오늘, 그러니까 11월 23일이 무슨 날인지 아시나요? 오늘이 바로 우리 어멍, 아방, 오라방 제삿날입니다. 그러니까 제사를 편지로 대신하는 거지요. 족은어멍이 오사카에서 기미가요마루라는 연락선을 타고 제주에 도착한 때가 유채밭이 노랗게 물든 봄이었으니까 부모님과 오빠의 제삿날을 잘 모르실 거우다. 누구도 얘기해 준 적 없으니까요. 일이 나고 한참 후에 만나게 된 족은어멍께 차마 말씀드리지 못한 그날의 기억을 제사 지방문 대신 써 볼까 합니다.

족은어멍도 아시다시피 오라방은 너븐숭이에서도 손꼽히는 수재였어요. 아방이 '집에 돈만 있었으면 서울 유학도 시켜 볼 만한 놈'이라고 입버릇처럼 말씀하실 정도였죠. 오라방은 목포에서 고등사범학교를 졸업하고 국민학교 국어 선생으로 몇 년 잘 가르쳤어요. 하지만 그 원수 같은 무장대, 그 악귀 같은 응원 경찰 때문에 우리 집이 망한 겁니다. 오라방은 산사람들, 그러니까 한라산 자락으로 숨어 들어가 사회주의 운동을 하던 무장대와 왕래했어요. 해방되기 전까지 학생 신분이었던 오라방은 배운 사람들이 으레 그렇듯 사회주의 책을 가까이 했습니다. 오해는 마세요. 오라방이 빨갱이라는 뜻은 아니에요. 성재 오라방은 해방이 되었는데도 벌을 받기는커녕 대한민국 경찰복으로 바꿔 입고 주민들 앞에서 거들먹거리며 횡포를 일삼는 친일파 순사들의 꼴을 못 참았습니다. 왜 그런 모순된 일이 눈앞에서 벌어지는지 이해하고 싶었던 것 같아요. 일본 놈들이 섬에서 썰물 빠지듯 물러갔지만 그들 밑에서 개 노릇을 하던 친일파들은 고스란히 남아 뻔뻔한 얼굴을 쳐들고 다녔으니까요.

족은어멍은 당시 일본에 계셔서 잘 모르실 수도 있습니다만 해방이 되고 며칠 안 있어 친일파들이 하루아침에 반공주의자로 돌변해서 주민들을 윽박지르고 다녔어요. 친일파 앞잡이들에게 시달리던 사람들은 해방만 되면 새 세상이 열리고 벌 받을 놈은 벌 받고 쫓겨날 놈은 쫓겨날 줄만 알고 있었죠. 그런데 웬걸요. 바뀐 것이라고는 관덕정 앞 경찰서 깃대에 펄럭이는 국기뿐이었어요.

제주도민들은 그 아래를 오가며 하던 짓 그대로 되풀이하기 시작하는 나리들을 기가 막힌 눈으로 바라봐야 했습니다. 저처럼 철없고 세상 물정 모르는 지집아이도 그 꼴이 역겨워 속이 다 울렁거리는데 배울 만큼 배웠다는 오라방은 오죽했겠어요. 저를 붙잡고 8·15해방은 진정한 해방이 아니라고 뜨거운 숨을 토하곤 했습니다. 왜놈들은 물러갔지만 식민주의, 제국주의 그늘은 아직 우리 머리 위에 검게 드리워져 있다고 목청을 높였어요. 저는 오라방이 방 안 가득 둘러앉은 친구들에게 설명하는 걸 문밖에서 엿듣고는 했지요. 오라방이 하는 말 중에 반은 못 알아듣는 소리였지만 상관없었어요. 제가 들은 건 오라방의 혈기 가득한 정의감과 애국심이었거든요.

아, 이제는 다 부질없는 추억이에요. 비뚤게 흘러가는 세상을 살면서 물길을 바로잡아 보자는 순진한 열망이 어떻게 사그라지는지 두 눈으로 똑똑히 목격했으니까요.

결국 오라방은 중산간* 숲속에 있는 골짜기와 동굴을 들락거리며 무장대와 친하게 지냈어요. 어멍은 그런 오라방을 걱정했고 아방은 못 본 척 눈감아 주었어요. 집안의 기둥인 큰아들이 하는 일이니까 우선 믿고 지지해 주자는 뜻 같았습니다. 그러던 어느 날 밤이었어요. 산사람들이 예고도 없이 들이닥쳐 동네에 있는 경찰네 집에 불을 질렀어요. 며칠 전 육지 경찰과 군인들이 무장대를 토벌하겠다며 숲에 불을 지르고 산사람들을 찾아내 총으로 쏘고 붙잡아 갔거든요. 산사람들은 그 일에 대한 복

수라며 아즈망 혼자 지키고 있는 집을 공격한 거예요. 산사람, 무장대, 폭도 새끼, 빨갱이……, 누가 어느 자리에서 보느냐에 따라 달리 붙는 이름. 한라산으로 들어간 사회주의자들뿐만이겠습니까? 친일파 앞잡이, 매국노에서 애국청년단, 응원경찰로 불리는 사람들도 있으니까요. 나라 팔아먹던 매국노가 반공주의자, 민주국가 수호대로 돌변해 큰소리치는 세상 아닙니까. 막상 일본놈들이 판치고 살던 시절 내내 민족독립운동에 몸바쳤던 독립투사들만 애매하게 되었지요. 징검다리 돌 위에 한 발씩 올려놓고 엉거주춤 서 있는 모양새가 되어 버렸으니까요.

다시 그 악몽 같던 밤으로 돌아가지요. 성재 오라방은 늦은 밤까지 등잔 아래서 책을 읽다가 동네서 치솟는 불길을 보고 뛰쳐나갔습니다. 저도 쫓아갔지요. 경찰네 집은 대보름 달집 타듯 활활 타오르는 중이었습니다. 그것도 모자라 산사람들이 경찰집 아즈망을 마당으로 끌어내 총부리를 겨누고 있었습니다. 제가 말릴 새도 없이 오라방이 그 앞을 막아섰어요. 무장대 대원을 죽이고 잡아간 경찰이야 불구대천지원수일지 몰라도 그 아내는 아무런 죄가 없지 않냐고 하면서요.

산사람들은 처음엔 오라방을 강성재 동지라고 부르며 알은체하다가 금세 안색이 돌변했어요. 산사람들은 총부리를 경찰

---

*   해안에서 한라산 쪽으로 200~600미터쯤 안으로 들어간 중간 지대.

아즈망을 막고 서 있는 성재 오라방에게 겨누었어요. 그들은 오라방을 향해 즉결처분을 방해하면 반동이라고 으름장을 놓았죠. 오라방은 꿈쩍하지 않았어요. 오라방은 그 아즈망 배 속에 아기가 있다는 사실을 알고 있었어요. 하지만 오라방이 그 얘기를 꺼낼 새도 없이 산사람 중 한 명이 소리쳤어요. 군인과 경찰이 성재 오라방의 밀고를 받고 비밀 은신처를 기습한 것이 분명하다고 말이에요. 갑자기 오라방한테 누명을 씌운 거예요. 오라방은 모함 한 마디로 순식간에 동지에서 적으로 뒤바뀌었어요.

물론 성재 오라방은 그런 더러운 짓을 할 사람이 아닙니다. 비록 친일파들이 친미주의자로 옷만 바꿔 입고 권세를 누리는 걸 보며 분에 못 이겨 산사람들과 교류하긴 했죠. 그렇다고 아이들을 가르치는 교사의 본분을 잊지는 않았어요. 제자들 앞에서 부끄러운 짓은 절대 하지 않겠다고 다짐하는 걸 여러 번 본 적이 있거든요.

지금 생각해 보니 오라방은 이편도 저편도 아닌 탓에 목숨을 잃었는지도 모르겠습니다. 오라방을 모함하며 흥분하던 산사람이 오라방과 경찰 집 아즈망에게 총을 쐈어요. 우리 부모님은 총소리를 듣고서야 경찰네로 뛰어오셨죠.

우리 네 식구 앞에 펼쳐진 광경은 차마 말로 설명할 수 없습니다. 어멍은 활활 타는 초가집 마당에 붉은 피를 쏟으며 쓰러져 있는 큰아들에게 달려들었지만 이미 오라방의 숨은 끊어진 후였습니다. 산사람들은 경찰 집 아즈망의 죽음을 확인하고는 돌아가 버렸습니다. 경찰 집은 밤새도록 타올라 새벽녘에 잿더미가 되었어요. 마을 사람들은 산사람들이 무서워 불을 끌 엄두도 내지 못하고 지켜볼 뿐이었죠.

저는 아방을 도와 성재 오라방을 집으로 옮겼습니다. 어멍은 건넌방에 혼절해 누웠어요. 성태는 경기 들린 애처럼 끊임없이 딸꾹질을 하며 어멍 옆에 붙어 있었지요. 안방에 누인 오라방 앞에 앉은 아방은 딱 넋이 나간 사람이었어요. 멍한 눈으로 홑이불을 덮어쓴 오라방 머리통만 내려다볼 뿐이었습니다. 제가 말을 붙여도 대답이 없으셨죠. 전 무서워 온몸이 달달 떨렸습니다. 모든 일이 순식간에 일어났고 모든 게 꿈만 같았습니다. 잠에서 깨면 이 지독한 악몽에서 깰 수 있을 것 같아 저도 모르게 자꾸 종아리 살을 꼬집고 쥐어뜯었어요. 하지만 악몽은 깰 줄 모른 채 날이 밝았습니다.

더 기막힌 일은 동네에 아침 짓는 연기가 피어오르기도 전에 일어났습니다. 무장대 습격 소식을 듣고 달려온 경찰들이 우리 집으로 쳐들어 왔어요. 당시 아방은 동네 임시 이장 일을 맡고 있었습니다. 어멍이 세상이 어수선하니 그런 직책은 절대 맡지 말라고 신신당부했었지요. 하지만 남저*가 어디 자기 예청네** 말 듣는 거 보셨수꽈? 오히려 이러라면 저러고, 저러라면 일부러라도 더 이러는 게 남저들 고집이지요. 아방은 얻어먹은 막걸리도 있고 동네 삼촌들이 떠받드는 말도 듣고 했으니 몰라라 할 수 없었던 게지요. 그런 공명심은 아방이나 오라방이나 똑 닮은 것 같습니다.

알량한 감투 하나에 우리 집이 폭삭 망할 줄 누가 알았겠습니까. 마당으로 들이닥친 경찰, 특히 아내를 잃은 젊은 경찰은 반미치광이가 되어 우리 아방을 몰아세웠습니다. 젊은 경찰은 제가 자라는 내내 삼촌으로 불렀던 동네 친한 아즈방이었지요. 친척처럼 살갑게 굴던 이가 도깨비 썬 얼굴이 되어 아방이 산사람들을 막지 않았다고, 이장으로서 할 일을 유기하고 되레 무장대 폭도 새끼들을 도왔다고 길길이 뛰었습니다.

아방은 안방 문을 열어젖히며 차갑게 식은 오라방을 보여 주었습니다. 내가 폭도 새끼들과 한패면 내 아들이 저렇게 뻣뻣하게 굳어 자빠져 있겠냐고 피를 토하듯 대들었습니다. 아내를 잃은 경찰은 아방의 절규 따위는 들리지 않는다는 듯 빨갱이 새끼들은 씨를 말려야 한다며 같이 온 군인과 동료 경찰들에게 손

---

*　남자.
**　여편네. 결혼한 여자.

짓을 했습니다. 그 난리 통에 기절해 있던 어멍이 깨어나 일어났습니다. 어멍은 앉은 채로 마당에서 들리는 고함 소리에 귀를 기울이는가 싶더니 성태를 제 쪽으로 밀었습니다.

"너는 성태 데리고 뒷산 대나무 숲으로 숨어라."

어멍은 떨어지지 않으려는 막내아들을 큰똘*인 제게 업혀 주었습니다. 저는 뭐라고 대꾸도 할 새도 없이 어멍에게 등이 밀려 뒷문으로 내려섰습니다. 성태가 칭얼거리기 시작하자 어멍은 무서운 얼굴이 되어 아이를 나무랬습니다.

"너라도 살아야 대가 이어진다."

어멍은 이 말을 끝으로 뒷문을 야멸차게 닫아 버렸습니다. 저는 성태를 업은 채 벌벌 기다시피 집 뒷산을 올랐습니다. 족은어멍도 아시다시피 야트막한 오름인 뒷산은 대나무로 빽빽이 들어찬 언덕배기잖아요.

저는 본능적으로 맡은 죽음의 냄새가 무서워 뒤도 돌아보지 않고 언덕을 올랐습니다. 성태는 제 목에 매달린 채 이리저리 흔들렸어요. 대나무 숲으로 막 들어서는데 등 뒤에서 탕, 탕 하는 총소리가 들렸습니다. 저는 성태를 돌려 안은 채 주저앉아 고개를 숙였어요. 방금 난 총소리가 저와 성태를 뒤쫓아 온 경찰이 쏜 총에서 난 거라고 짐작했죠. 하지만 저도 성태도 멀쩡

---

*   큰딸.

했습니다. 방금 들은 소리는 우리 남매를 향해 쏜 게 아니라 우리 집 마당에서 불을 뿜은 총소리였던 것입니다.

족은어멍, 오늘은 여기까지 쓰겠습니다. 제사 지방문 대신 써 내려간 편지라지만 막상 그날 일을 샅샅이 떠올리자니 더는 못 견디겠습니다. 손끝이 떨리고 눈물이 편지지 위로 떨어지는 통에 글씨도 편지도 지저분해졌습니다. 나머지 이야기는 다음 편지에 마저 쓰기로 하고 이만 줄이겠습니다. 다시 안부 여쭐 때까지 건강하게 지내세요.

해군 사령부 사무실에서 조케똘 성옥 올림.

세 번째 편지 1950년 12월 5일

족은어멍 보십서.

지난번 편지를 부치고 후회가 막급이었습니다. 괜한 이야기를 허락도 없이 한 것은 아닌가 해서 밤잠을 이룰 수가 없었습니다. 이야기를 하는 저도 괴롭고 이야기를 듣는 족은어멍도 고통스러울 게 뻔하니까요.

저는 여태껏 어찌할 수 없는 슬픔과 기억은 가슴에 깊이 묻어두고 죽을 때 무덤에 가져가면 그뿐이다, 생각하며 살았습니다. 그래서 족은어멍과 간장 공장 기숙사에 나란히 누워 잘 때도 말 한번 꺼낸 적 없었어요. 족은어멍도 제게 우리 집 식구가 어떻게 세상을 떠났는지 꼬치꼬치 캐물은 적 없구요. 그저 서로 말 안 해도 이심전심으로 이해하고 살아가는 것을 인생으로 여길 뿐이었어요. 그런데 지난 11월 23일은 도저히 무심결에 넘길 수가 없었습니다. 무서운 경찰과 육지 군인들이 득실대는 제주를 떠나와서 그랬던 걸까요? 제가 오히려 그들과 같은 군인이 되어서 일까요? 억누르기만 했던 서러움과 분노가 스멀스멀 기어 나와 제 주위를 맴돌기 시작했습니다.

진해로 건너온 후 입밖에도 낼 수 없었던 기억이 저를 찾아오곤 했습니다. 그런 날일수록 초과 근무까지 하며 몸을 힘들게 했어요. 밤에 찾아올 악몽이 무서웠거든요. 피곤에 절어 곯아떨어지면 꿈을 꾸지 않을까 하는 바람이었어요. 우스운 건 스스로를 혹사한 날일수록 어김없이 악몽에 시달린다는 점이에요. 몇 번 같은 상황이 되풀이되고 결국 포기했습니다. 어멍과 아방이 돌아가신 날, 혹은 오라방이 죽는 장면이 나오는 꿈은 어쩔 수 없는 업보란 사실을 깨닫게 된 것이죠. 제 마음 깊은 곳에 그날의 슬픔이 고여 있는 한 저는 평생 악몽에 시달릴 운명이었습니다.

족은어멍, 그래서 전 고개를 쳐들기 시작한 슬픔을 어디엔가 쏟아내고 싶었습니다. 온몸이 떨리는 그날의 공포를 떨쳐내고 싶었습니다. 하지만 입이 떨어지지 않았어요. 단짝인 진숙이에게도 차마 털어놓을 수가 없더군요. 왜 그럴까 곰곰이 생각해 보니 이유는 하나였수다. 저를 짓누르는 공포는 지나간 과거가 아닌 지금 당장 우리 식구의 목줄을 옥죄는 시퍼런 칼날이기 때문이죠. 빨갱이 집안이란 누명을 쓰고 호적에 붉은 줄이 그어진 우리 세 사람의 운명이 저의 목을 조였습니다.

족은어멍 고맙습니다. 오늘 어멍이 보내주신 편지를 뜯어 보고 용기와 위안을 얻었습니다. 제가 편지를 부치고 나서 무슨 생각에 휩싸일지, 어떻게 괴로워할지까지 훤히 아시고 도닥여 주시니 눈물이 앞을 가립니다. 언젠가 한 번은 털어놓아야 할 이야기라는 족은어멍 말씀이 가슴 한가운데를 찌릅니다. 편지 글에서 해 주신 족은아방* 이야기에 목이 메었습니다. 족은아방 이 북해도 탄광에서 진폐증으로 고생하시다 돌아가신 일은 알고 있었습니다. 저는 당연히 족은어멍이 족은아방 돌아가실 때 임종을 지키신 줄로만 믿었지요. 그런데 아방이 돌아가신 지 한참이 지나 받은 통지서 한 장으로 알게 되셨다니요.

일본군이 쓰는 군용담요를 만드는 공장에서 일하다 해방이 되어 제주로 돌아오신 족은어멍이 기억납니다. 배에서 내리는 족은어멍 왼쪽 눈 위에 깊게 파인 흉터가 먼저 보이더군요. 그 어여쁘던 얼굴에 웬 자국인가 싶어 무척 궁금했었죠. 순간 혼삿

---

*   작은아버지.

날 처음 본 족은어멍이 떠올랐습니다. 아침이슬에 젖은 동백꽃처럼 화사했던 새각시, 그런 아리따운 분 이마에 흉이 지다니 얼마나 안타까웠는지 몰라요. 허나 차마 대놓고 물어보기가 어려워 모른 척 지냈습니다. 그런데 이번 편지에서 말씀해 주셨네요. 방직기 앞에서 통지서를 받아들고 혼절하시다 기계에 찍힌 상처라는 글귀에 울음이 났습니다. 남편을 잃은 슬픔에 휘둘리느라 상처를 돌보지 않아 깊게 파였다고요. 내내 봐 왔던 흉터가 마치 족은어멍 가슴에 박힌 슬픔처럼 느껴집니다.

자, 그럼 제 이야기를 마저 하겠습니다.

저는 총소리를 분명 들었건만 어멍과 아방이 돌아가시리라고는 상상하지 못했습니다. 두 분은 아무 죄 없이 생때같은 장남을 잃은 일 말고는 잘못하신 게 없었으니까요. 하지만 뒤뜰 건너 넘어오는 소리는 제 가슴을 얼어붙게 만들었습니다. 아방이 결백을 주장하는 소리와 아방을 빨갱이로 몰아붙이는 젊은 경찰의 고함 소리가 뒤섞여 혼란스러웠습니다. 그 가운데 어멍이 곡소리를 내며 함께 쳐들어온 군인에게 매달리는 모양이었습니다. 성태는 겁을 잔뜩 집어먹고 얼굴이 새파래져 제 등에 찰싹 달라붙어 있었습니다.

상황은 순식간에 험악하게 돌아가는가 싶더니 다시 탕, 탕 하는 총소리가 들렸습니다. 방금 전 소리는 허공에 대고 쏘는 공포탄이었지만 이번 것은 사람을 향해 불을 뿜는 소리가 틀림없었습니다. 대나무 숲에 숨어 어떻게 알았냐고요? 저절로 알게 되우다. 내 부모의 숨통을 끊어 놓는 모질고 그악한 총질은 그 소리마저 다르우다.

모슬포로 쫓겨 내려와 간장 공장을 다닐 때 가끔 이런 말을 들었어요. 사람이 총 맞아 죽을 때 '으악!' 하며 쓰러진다고요. 다 모르고 하는 거짓갈*이우다. 사람이 총을 맞아 죽을 때는 총알이 몸에 파고드는 힘을 못 이겨 끽소리 한번 못 지르고 고꾸라집니다. 오라방이 죽을 때 그랬습니다. 사람이 비명을 지르려면 날숨을 쉬어야 하는데 총알이 와서 박히는 힘을 받아내느라 오히려 숨을 들이쉬는 시늉이 나는 통에 목구멍으로 소리가 나갈 수 없거든요. 기껏해야 윽 하는 숨통 조이는 소리가 전부입니다.

여기까지 쓰고 보니 전투에 투입된 적 없는 처지가 답답하다 생각한 자신이 우습게 느껴집니다. 저는 이미 너븐숭이 우리 동네에서 전쟁을 겪은 것과 매한가지였네요. 나와 내 가족을 향해 총부리를 겨누는 산사람들과 경찰 군인들과 마주 섰으니 그게 전쟁이 아니면 무엇이겠습니까. 아! 물론 저쪽 편은 무기를 제대로 갖춘 전투병이었다면 이쪽은 사람을 향해 빗창** 한번 겨

---

*   거짓말.
**   전복을 딸 때 쓰는 쇠꼬챙이.

누어 본 적 없는 촌사람들이라는 게 다른 점이긴 하지만요. 손에 든 무기도 없이 하루는 반동 악질이 되었다가 다음 날은 빨갱이 폭도 새끼가 되어 버린 우리 가족은 허무하게 목숨을 잃었습니다. 풍랑에 휩쓸려 허리가 끊어지는 미역 줄기도 이보다는 덜 허무할 겁니다.

제 등에 거머리처럼 붙어 있던 성태가 총소리에 기함을 했습니다. 아이가 막 울음을 터트리려는 걸 제가 입을 막아 소리가 새어 나오지 않게 했지요. 성태는 얼굴이 새카매져서 버둥거리다 누이의 무서운 표정에 기가 질렸는지 이내 조용해졌습니다.

족은어멍, 저는 지금도 스스로를 용서할 수 없습니다. 어멍 아방에게 뛰쳐나가지 못하고 숨어 있던 일 때문이 아니우다. 물론 어멍과 아방이 저고리 바람으로 총알받이를 하는데 죽순 사이에 숨어 벌벌 떨고만 있었으니 불효도 그런 불효가 없지요. 하지만 더 끔찍한 이유는 따로 있습니다.

경찰 무리가 물러가고 잿더미로 변한 집터에서 제 머릿속에 떠오른 한마디가 지금도 소름 끼칩니다. 아주 잠깐이지만 저도 모르게 '나는 살아남았다. 다행이다'라는 생각이 스친 거우다. 오라방, 어멍, 아방이 눈 깜짝할 사이에 저세상 사람이 되었는데 기껏 한다는 생각이 목숨을 부지해서 다행이라니.

족은어멍, 그날 이후 저는 살아도 산 목숨이 아니우다. 혼은 빠져나가고 껍데기만 돌아다니는 산송장이나 다름없수다. 죽어 버리고 싶은 생각에 휩싸일 때마다 성태를 남겨두고 그럴 수 없다고 스스로를 달래고 윽박지를 뿐이었습니다.

족은어멍, 제가 어멍에게 알릴 새도 없이 해병대에 자원입대한 진짜 이유가 이것입니다. 저는 젊은 경찰이 불 싸지른 우리 집이 화염에 너울너울 춤을 출 때 이미 죽은 목숨이었습니다. 제 넋은 초가집과 함께 타 버려 잿더미가 되어 버렸습니다. 남아 있는 몸뚱이로 성태를 위해 무엇이든 할 각오뿐입니다.

모슬포에서 학교에 다니던 진숙이가 헐레벌떡 뛰어와 가르쳐주었습니다. 자원입대해서 군 복무를 마치면 호적에서 빨간 줄을 지울 수 있다고 말입니다.

"공장에서 콩을 삶다가 느닷없이 불려 나가 길바닥에서 개죽음을 당하느니 차라리 전쟁터에서 당당히 싸우다 죽자. 그러면 남은 가족들에게 전몰 유족이라는 명예와 보상을 남겨 줄 수 있다."

진숙이와 찾아간 경찰서에서 군인이 해 준 말이우다. 저는 그 자리에서 바로 자원서를 쓰고 신체검사를 받았습니다.

여기까지 쓰고 보니 그간 있었던 일들이 주마등처럼 눈앞을 스칩니다. 한바탕 무서운 꿈 같기도 하고 까마득한 옛날 일 같기도 합니다. 오늘 이 편지를 마지막으로 이제 지난 일들은 과거에 묻고 앞만 보고 나가렵니다. 자꾸만 뒤를 돌아보느라 발걸음 주춤거려 봐야 득 될 것이 없으니까요.

날씨가 많이 추워졌습니다. 편지와 함께 부치는 야상 점퍼는 성태한테 입혀 주세요. 같이 넣은 크림 한 통은 거칠어진 피부에 좋다는 미제 화장품이에요. 다 쓰시면 또 보내 드릴 테니 아낀다고 너무 조금씩 쓰진 마세요.

진해에서 조케똘 성옥 올림.

네 번째 편지 1951년 5월 10일

족은어멍 보십서.

오래간만에 편지 올립니다. 마지막 편지가 작년 12월이었으니 벌써 다섯 달이 훌쩍 넘었네요. 그동안 족은어멍에게도 저에게도 참 많은 변화가 있었수다. 지난봄 성태를 데리러 갈 때만 해도 족은어멍 홀로 제주에 두고 오는 것이 마음에 걸려 발걸음이 떼어지지 않았어요. 한데 이번에 부쳐 주신 편지를 보고 한편으로는 안심이 되면서도 한편으로 가슴이 미어졌습니다.

족은어멍, 방금 단짝 진숙이가 다녀갔습니다. 편지를 쓰다 말고 진숙이와 한참 애기를 했네요. 성태를 씻기고 먹이고 재운 후 족은어멍께 막 답장을 쓰기 시작한 참이었지요.

진숙이는 결국 일본으로 가기로 했답니다. 전 그저 단짝이니까 함께 군 생활을 이어 갈 거라고만 믿고 있었기에 내심 놀라고 서운했습니다. 하지만 진숙이가 털어놓은 이야기를 다 듣고 나니 그런 제 마음이 저만 생각하는 욕심이었다는 걸 깨닫게 되었어요.

진숙이는 이번 복무를 끝으로 군복을 벗는다고 하더군요.

"아방이 있는 나가사키로 갈 거야."

진숙이가 내뱉은 첫마디였습니다. 그리고 빳빳한 여권을 꺼내 보여 주었습니다. 그 작은 수첩 하나를 얻기 위해 진숙이는 일 년 가까이 군 생활을 견딘 거예요. 저는 제주로 돌아가지 않느냐고 물었어요. 친구는 다시는 제주 땅을 밟지 않을 거라고 대답했습니다.

"제주에는 온통 아프고 끔찍한 기억뿐이야. 남은 식구도 없고."

"하지만 일본에 계신 아방은 결혼하셨다고 하지 않았니?"

진숙이 아즈방은 젊은 시절 진숙이만 낳고 일본으로 돈을 벌러 가셨답니다. 죽은아방과 죽은어멍이 신혼 때 건너가셨던 일과 같지요. 진숙이는 열일곱이 되도록 아방을 사진으로만 봤다고 했습니다. 그러니까 진숙 아즈망이 품팔이로 딸을 기른 셈이죠. 해방이 되자 진숙이와 아즈망은 아방이 곧 제주로 돌아올 거라고 믿었더랍니다. 하지만 아방 대신 편지 한 장이 집을 찾아왔대요. 편지에는 나가사키에서 오래전부터 같이 살기 시작한 아즈망이 있다고 쓰여 있었대요. 그분은 하필 일본 여자인데 해방이 되었으니 정식으로 결혼을 해야겠다고 하더래요. 진숙 어멍에게 이혼해 달라는 부탁의 편지를 보낸 거지요. 진숙이 모녀는 아방이 왜 해방이 되었다고 같이 살던 일본 여자랑 혼인신고를 해야 하는지 이해할 수 없었대요. 진숙 어멍은 눈물 한 방울 흘리지 않고 편지를 박박 찢어 버리셨답니다.

"지금껏 산 세월이 아깝다. 내가 내일 당장 죽더라도 네 아방 마누라 자리에서 죽을란다."

그 말이 예언이나 되는 듯 얼마 후 산사람들이 마을에 내려와 곡식이랑 닭이랑 훑어갔어요. 진숙 아즈망은 다 큰 딸에게 눈독을 들이는 산사람들을 보고는 그만 진숙이를 먼 친척이 사는 모슬포로 피신시켰어요. 그리고 산으로 들어가 버렸대요. 누구는 산사람들에게 붙들려 갔다고도 하고 누구는 억지로 끌려간 게 아니라 아즈망이 자발적으로 따라나섰다고 했대요. 뭐가 진실인지는 아무도 모르죠. 중산간 마을 사람들에겐 거짓도 진실이 되고 진실도 거짓으로 뒤바뀌는 경우가 숱하니까요.

어쨌든 진숙이는 먼 친척이 모슬포에서 건어물 가게를 하는 덕에 학교를 다닐 수 있었답니다. 눈칫밥을 먹으며 조용히 학교만 다녔다면 오죽이나 좋았을까요. 진숙이는 교실 창문을 통해 끔찍한 사건을 목격해 버리고 맙니다.

작년 6월의 어느 날이었대요. 점심시간을 한 교시 앞둔 오전,

갑자기 운동장이 시끌시끌해졌답니다. 진숙이가 해 준 말 그대로 적어 보겠습니다.

"나른한 초여름 햇살에 깜빡 졸고 있다 화들짝 깨어났어. 운동장에서 들려오는 소리가 낯설지 않았거든. 사람을 잡아먹을 듯 닦아세우고 몰아치는 고함. 정신이 번쩍 들었지. 그 소리는 지난겨울 마을에 쳐들어온 경찰대가 내지르던 소리와 똑같았어. 교장 선생님이 막 뛰어나가시는 모습이 보이더니 곧이어 학교 건물에서 총을 멘 군인 두 명이 뒤따라 나오는 거야. 군인들은 각각 우리 학교 학생 하나씩을 달고 있었어. 목덜미를 움켜쥔 채 떠미는 통에 애들은 몸이 휘청휘청했지. 곧 벌어진 광경은 보고 있는데도 거짓말 같았어. 군인이 운동장이 떠나가라 고래고래 소리치더니 앞에 선 애들을 쏘아 버린 거야. 벌건 대낮에 수업 중인 학교 운동장에서 5분도 안 되는 사이에 아이 둘이 주검이 되어 엎어졌어. 어느 세상이 이런 기막힌 장면을 진짜 있었던 일이라고 믿어 주겠니. 군인들은 죽은 아이들이 무장대 폭도 새끼한테 협력한 빨갱이 새끼라고 했어. 난 그 두 학생을 잘 알지는 못했어. 학년도 한 학년 위인 오빠들이었는데 그 학교에 다니기 시작한 지 얼마 안 되었으니까."

진숙이는 교실 창문에 붙어서 그 광경을 목격하고는 온몸에서 피가 빠져나가는 듯했답니다. 진숙이 역시 산으로 들어가 버린 어멍이 있잖아요. 제 발로 들어갔든 억지로 끌려갔든 산으로

간 것만은 틀림없는 사실이니까요. 눈앞에서 순식간에 벌어진 일이 오늘 아니면 내일, 그것도 아니면 모레 자기한테 닥칠 것만 같았다고 하더군요.

진숙이는 저에게 미안하다고 했습니다. 뜬금없이 무슨 사과냐고 묻자 이렇게 대답했어요.

"여름방학 중에 학교에서 오라는 전갈을 받았어. 교무실로 찾아가니 교장 선생님과 체육 선생님이 날 기다리고 있는 거야. 체육 선생님은 서북청년단 출신인 개성 사람이었지. 두 선생님이 나를 가운데 세워 놓고 해병대 자원 입대에 대해 말했어. 달래기도 하고 협박 비슷한 소리도 했지. 내가 살길은 자원입대뿐이라고 했으니까. 난 알았다고 대답한 후 교무실을 나왔어. 그리고 떠오른 건 성옥이 너였어. 난 군인이 되고 싶지 않았고 군인이 될 자신도 없었어. 무섭기만 했지. 하지만 성옥이 너랑 같이 간다면 용기를 낼 수도 있겠다 싶었어. 무엇보다 너도 나와 처지가 비슷했으니까."

진숙이는 여기까지 말한 후 흐느껴 울었습니다. 저에게 미안하다고 했습니다. 저는 친구의 어깨를 다독여 주었어요. 진숙이는 나가사키 아방 집에 찾아는 가지만 환영받을 자신이 없다고 했습니다. 그래도 그 애가 대문을 열고 고개를 들이밀 데라고는 제 아방이 사는 집 말고는 없겠지요. 친구가 말했습니다. 아방 집에서 내내 신세 지지 않을 거라고요. 일자리 구하고 돈을 모아 독립할 거라고요. 또 이렇게 덧붙였습니다.

"성옥이 네가 여행 오면 재워 줄 방 한 칸은 마련해 놔야 면목이 서지 않겠니."

눈물방울을 매달고 환하게 웃는 진숙이 주위에 제주에서 불던 바닷바람이 가득 차는 것 같았습니다. 진숙이는 일어서며 제게 당부하더군요.

"우린 제주의 딸이다. 조선 팔도에 우리처럼 용감하고 생활력 강한 비바리들이 또 있을라고. 어디에 던져 놓아도 싹을 틔우고 열매를 맺을 우리 아니겠니."

족은어멍!

간장 공장에 드나들던 육지 군인 아즈방과 한집에 살게 되셨다고요. 그 일로 조케뜰인 저에게 용서를 구할 일이 뭐가 있수꽈. 복무 기간을 마치고 직업군인으로 진로를 잡은 저와, 살기위해 군인 아즈방과 재혼을 하신 족은어멍과 다를 게 뭐가 있수꽈. 성태를 데리고 육지 배를 타던 날, 족은어멍 얼굴에 들씌우던 외로움과 서운함을 똑똑히 보았던 저입니다. 그때 처음 깨달았습니다. 성태가 저뿐만 아니라 족은어멍께도 사는 이유였다는 사실을요.

성태는 제 친동생이니 제가 뒷바라지하는 게 옳지요. 족은어멍도 아직 한창나이인데 언제까지 혼자 사시겠습니다. 진숙이 말대로 우리는 제주가 낳은 딸이니 어떤 모진 바람이 불어도 꿋

꽃이 살아남을 여인들 아니우꽈. 그러니 족은어멍, 앞으로도 틈틈이 편지 보내주시우. 저도 평생 족은어멍으로 모시며 짬날 때마다 안부 여쭙겠습니다.

형제에게 총부리를 겨누는 이 기막힌 전쟁이 하루빨리 끝나길 바라고 있습니다. 그리하여 빨갱이니 반동분자니 피 칠갑을 한 말들이 사라진 세상이 오면 고향 제주 땅을 다시 딛어 보렵니다.

군인 사택 304호에서 조케똘 성옥 올림.

　제주는 다양한 이미지가 교차하는 섬이다. 무한한 낭만과 고급 휴양지의 풍경이 관광 안내서에 가득하다. 반면 한반도 역사 속 탐라는 전혀 다른 모습을 띠고 있다. 가혹한 수탈과 외딴 섬이라는 차별 속 통제로 점철된 상흔이 엄존한다. 그 역사를 품고 거친 자연환경에서 꿋꿋이 삶을 이어 나가는 제주 사람들이 있다.

　한국 현대사에서 제주4·3은 세기가 바뀐 지금도 역사적 위치와 정의를 내리지 못한 채 동족상잔의 비극으로 남아 있다. 그 처참한 시간 속에서 기적처럼 살아남은 학살 생존자들 중에 6·25전쟁이 발발하자 대한민국 군인으로 자원입대한 소녀들이 있었다.

이념 전쟁의 불지옥에서 가족을 잃은 소녀들이 다시 전쟁의 한복판으로 뛰어들기 위해 스스로 해병대 모집소에 찾아갔다는 기록에 나는 고개를 갸우뚱 기울일 수밖에 없었다. 어떻게 자신의 가족을 학살한 군인과 같은 옷을 입을 생각을 했을까? 군인이라는 보장된 신분을 얻어 생활을 영위하기 위함이라고 간단히 짐작하기엔 제주4·3의 비극은 그 규모가 너무도 크고 깊다.

궁금증을 풀기 위해 사료를 뒤지기 시작했다. 코로나19의 격리 시대를 지나며 구할 수 있는 자료를 최대한으로 그러모아 들여다보던 중 한 인터뷰 기사(그것도 1970년대에 지역 잡지에 실린)를 읽게 되었다. 그 짤막한 기사를 발견하기 전까지 내가 찾아낸 제주 여 해병에 대한 사료들은 거의 '애국심에 발로한 구국 일념'하에 용감하게 자원한(연약한 여자의 몸에도 불구하고?) 젊고 어린 제주 여자들에 대한 기술이었다. 그러나 그 인터뷰 기사에서 당시 백발성성한 인터뷰어가 담백하게 털어놓은 얘기는 이랬다.

"4·3 때 빨갱이로 몰려 돌아가신 아버지, 그 아버지 때문에 우리 집 호적에 그어진 빨간 줄. 그 빨간 줄을 지우기 위해 해병대로 자원했지."

얼마 전까지 대한민국에는 연좌제라는 법이 있었다. 사회주의 사상 혹은 북한을 찬동 찬양하는 국가보안법 위반 사범은

당사자뿐만 아니라 그 가족까지 한 데 묶여 감시와 제약의 대상이 되었다. 연좌제에 묶여 있는 사람은 취직이나 사업 등의 사회활동에 크게 제약을 받았다. 연좌제의 상징이 바로 호적등본(주민등록등본) 증명서 위에 길게 그어진 빨간 줄이었다. 부모나 형제는 차치하고 일 년에 한 번 보기도 어려운 친척 때문에 어느 날 난데없이 내 주민등록등본에 범죄자 낙인이 찍히는 것이다. 그리고 그 붉은 줄 하나로 나의 모든 일상생활이 차별과 제약에 시달려야 한다고 상상해 보자. 인터뷰를 한 할머니는 "남은 가족을 위해 여군이 되었지만 호적에 빨간 줄을 지우고 나서도 30년 넘게 직업 군인으로 나라에 충성했지"라며 대담을 마쳤다.

개인의 인생과 운명은 시대를 거스를 수도, 외면할 수도 없다. 물리칠 수 없는 거대한 파고로 닥쳐오는 시대적 운명 속에서 살길을 찾아 용감하고 책임감 있는 선택을 한 제주 여성들의 삶을 들여다볼 수 있어 큰 보람이었다.

무더운 날, 서늘한 도서관에서
김소연

만권당 소녀

ⓒ 김소연·윤해연·윤혜숙·정명섭, 2022

초판 1쇄 발행 2022년 7월 25일
초판 2쇄 발행 2023년 6월 12일
지은이 김소연·윤해연·윤혜숙·정명섭
펴낸이 김혜선 **펴낸곳** 서유재 **등록** 제2015-000217호
주소 (우)04034 서울 마포구 잔다리로7길 18(서교동 377-20) 504호
전화 070-5135-1866 **팩스** 0505-116-1866 **대표메일** seoyujaebooks@gmail.com
종이 엔페이퍼 **인쇄** 성광인쇄

ISBN 979-11-89034-64-1 43810